변신

위의 큐알코드를 스캔하면 한글판 PDF와
영문판 PDF를 다운받을 수 있습니다.

변신

Die Verwandlung

2025년 9월 01일 초판 1쇄 인쇄
2025년 9월 15일 초판 1쇄 발행

지은이 프란츠 카프카
옮긴이 더페이지
발행인 손건
편집기획 김미정
마케팅 최관호
디자인 김정희
제작 최승용
인쇄 선경프린테크
이미지 www.shutterstock.com

발행처 열린문학
주소 서울시 영등포구 영신로 34길 19
등록번호 제 312 - 2006 - 00060호
전화 02) 2636 - 0895
팩스 02) 2636 - 0896
이메일 elancom@naver.com

ISBN 979-11-7142-077-3 03850

*열린문학은 **LanCom**의 문학·인문 브랜드입니다.

변신

Die Verwandlung

프란츠 카프카 지음 + 더페이지 옮김

열린
문학

프란츠 카프카

프라하에서 태어난 독일계 유대인.
낮에는 보험회사 직원으로, 밤에는 글을 쓰며 살았다.
생전엔 거의 알려지지 않았지만,
사후 출간된 작품들이 20세기 문학의 지형을 바꾸었다.
그는 인간 존재의 불안, 고립, 죄책감을
부조리한 세계 속에 투영하며
"카프카적"이라는 형용사를 남겼다.

● 차 례 ●

어느 날 아침, 그레고르 잠자가 불길하고 괴로운 꿈에서 깨어났을 때, 그는 끔찍한 해충으로 변해 침대에 누워 있는 자신을 발견했다.

FRANZ KAFKA
DIE VERWANDLLUNG

1

어느 날 아침, 그레고르 잠자가 불길하고 괴로운 꿈에서 깨어났을 때, 그는 끔찍한 해충으로 변해 침대에 누워 있는 자신을 발견했다.

그는 갑옷처럼 딱딱한 등을 바닥에 대고 누워 있었고, 고개를 조금 들어 올리면 약간 돔 모양으로 불룩한 갈색 배를 볼 수 있었다. 게다가 그것은 몇 개인가 단단한 여러 부분으로 나뉘어 있었는데, 각 부분은 활처럼 휘어 있었고, 이불 끝자락이 금방이라도 미끄러져 흘러내릴 것처럼 불룩 솟아오른 배 위에 아슬아슬하게 걸려 있었다. 몸통에 비해서 터무니없이 가늘고 연약해 보이는 여러 개의 다리들이 그의 눈앞에서 무기력하게 버둥거렸다.

그는 자기가 어느새 커다랗고 흉측한 벌레로 변해

침대에 누워 있는 것을 깨닫고 정말 놀라서 기절할 지경이었지만 한편으로는 도무지 실감이 나지 않았다.

이건 도대체 뭐지?

분명히 꿈은 아니었다. 그 방이 아무리 작다고 해도 어엿하게 인간이 사는 방이었고, 방을 이루고 있는 네 개의 벽들도 낯익은 것이었으며, 누가 뭐래도 이제껏 자기가 살던 자기의 방이었다.

책상 위에는 그가 가방에서 꺼내놓은 그대로 옷감 견본들이—그는 영업사원이었다—흩어져 있었고, 그 위쪽 벽에는 그가 얼마 전 그림 잡지에서 오려서, 산뜻한 금빛 액자에 넣어 걸어둔 사진이 걸려 있었다. 털모자를 쓰고 털목도리를 두른 여자가 꼿꼿한 자세로 앉아서, 양팔을 팔꿈치까지 완전히 가리는 묵직한 털토시를 정면을 향해 쳐들고 있는 사진이었다.

그는 창문 쪽을 보았다. 빗방울이 함석으로 된 창틀을 시끄럽게 두드리고 있었다. 우중충한 날씨 때문에 그는 더 우울해졌다.

한 숨 더 자야겠어. 그럼 이런 말도 안 되는 상황은

사라져 버리겠지.

하지만 그레고르는 곧 한 숨 더 자는 것이 불가능하다는 것을 깨달았다. 그는 언제나 오른쪽으로 누워서 자는 버릇이 있었는데, 이런 몸으로는 아무리 애를 써도 그런 자세로 누울 수가 없었던 것이다. 그는 오른쪽으로 누우려고 힘껏 몸을 뒤채 보았지만 매번 발딱 뒹굴면서 위를 보고 똑바로 누운 자세로 돌아왔다. 세본 것은 아니지만 아마 틀림없이 백 번은 시도했을 것이다. 그러면서도 그는 자기 다리가 버둥거리는 꼴을 차마 볼 수가 없어서 눈을 질끈 감고 있었다.

실패, 또 실패! 그러다가 마침내 그는 옆구리에 전에는 느껴 본 적이 없는 은근하고 묵직한 통증을 느꼈다. 그제야 그는 그 지긋지긋한 시도를 멈추었다.

불평이 저절로 터져나왔다.

아, 정말, 난 어쩌자고 이렇게 힘든 직업을 선택한 걸까! 날이면 날마다 장거리 여행을 다녀야 하다니! 지방으로 다니는 장거리 영업이라는 일 자체가 사무실에서 하는 내근보다 얼마나 힘든지 모르는데, 게다가 여행에 따르는 그 수많은 저주들은 또 어떻고!

기차를 놓치지 않으려면 어딜 가든, 누구를 만나든 늘 기차 시간에 신경을 쓰고 있어야 하고, 매번 싸구려 음식에, 그나마도 제때 규칙적으로 먹는 건 생각도 못할 일이지. 또 매일 다른 사람들을 만나야 하니 그 누구와도 오래 사귈 수도 없어. 그러니 누구랑 친해진다는 것은 있을 수도 없는 일이야. 그런데도 늘 그런 사람들과의 교제에 신경을 곤두세워야 하다니, 이건 정말 너무 끔찍한 일이야!

문득 배가 살짝 가려워졌다. 그는 침대 머리맡으로 등을 천천히 밀어 머리를 들어 올렸다. 그러자 몸 전체가 제법 잘 보였다. 그는 가려운 곳을 찾아냈다. 뭔가 조그맣고 하얀 얼룩 같은 것들이 오톨도톨 덮여 있는 부분이 보였다. 다리 하나를 들어 그곳을 긁으려다 말고 그는 깜짝 놀라서 다리를 오므렸다. 다리가 닿는 순간 온몸에 오싹 소름이 끼치면서 치가 떨렸다.

그는 다시 원래 자리로 돌아오면서 생각했다.

언제나 일찍 일어나야 한다는 것이 사람을 바보로 만드는 것 같아. 사람은 잠을 충분히 잘 필요가 있는데 그렇지 못하니까 말이지. 하긴 나만 그렇지, 다른 회사에 다니는 영업사원들은 하렘의 여인들이나 되는 것처럼 호화롭게 잘들 살고 있긴 해. 예를 들면, 내가 오전 내내 뛰어 돌아다니면서 모은 주문 계약서를 본사에 적어 보내려고 숙소에 돌아가 보면, 그들은 거의 다 그때까지도 느긋하게 아침식사를 하고 있거든.

하지만 우리 회사에서 그랬다가는 당장 잘리고 말 거야. 아니, 어쩌면 해고당하는 편이 나한테는 훨씬 좋을 지도 몰라. 정말 부모님 때문에 할 수 없이 참는 거지, 부모님만 아니라면 벌써 오래 전에 사장한테 가서 턱하니 사표를 던졌을 텐데.

사장 앞에 당당히 나가서 내가 무슨 생각을 하고 있는지 다 말하고 이제 앞으로 내가 어떻게 할 건지를 다 말하면 아마도 사장 놈은 깜짝 놀라서 책상에서 굴러 떨어질 테지.

아무튼 책상 모서리에 엉덩이를 걸치고 앉아서 높은 곳에서 내려다보는 태도로 직원들을 함부로 대하고 무시하는 소리나 찍찍 해대는 걸 보면 정말 어이가 없다니까. 더구나 그 인간은 귀가 어찌나 어두운지 무슨 말을 알아듣게 하려면 그 놈의 코앞까지 바짝 다가가야만 하니 그게 또 얼마나 고역이냐고.

그래도 아직 희망이 아주 없는 건 아니야. 부모님이 사장에게 진 빚을 갚을 돈만 모으면, 그러려면 앞으로 5, 6년은 더 걸리겠지만, 그땐 꼭 그렇게 하고야 말겠어. 그땐 내가 반드시 한 번 일을 내고야 말 거야.

그건 그렇고, 일단 일어나자. 기차가 5시에 떠나니까 그걸 놓치지 않으려면 지금 일어나야 해.

그는 서랍장 위에서 똑딱거리고 있는 자명종시계를 건너다보았다.

"앗!"

그는 깜짝 놀랐다. 시계 바늘은 벌써 6시 반을 가리키고 있었다. 게다가 시계 바늘은 잠시도 쉬지 않고 꾸준히 움직이고 있었다. 그가 놀라서 어리벙벙하고 있는 동안에도 시간은 흘러 벌써 거의 6시 35분에 가까워지고 있었다.

자명종이 안 울렸나?

침대에 누운 채로 봐도 자명종은 정확히 4시에 제대로 맞춰져 있었다.

자명종은 분명히 울렸을 거야. 물론 그랬겠지. 그런데 서랍장이 덜컥거릴 정도로 요란스럽게 울어대는 그 어마어마한 소음 속에서 내가 잠을 깨지 않고 계속 잤다는 것이 말이 되나? 그럴 리가 있냐고!

아니지, 사실 요즘 난 너무나 피곤해서 평소보다 더 깊이 잠이 들어 있었을 수도 있긴 해.

그건 그렇고, 이젠 뭘 어떻게 해야 하지? 다음 기차는 7시에 떠나. 지금 당장 일어나서 미친 듯이 서둘러도 그 기차를 타기에는 시간이 턱없이 모자랄 거야. 게다가 옷감 견본도 아직 어질러진 그대로 있으니 그걸 꾸리는 것만도 시간이 모자라.

게다가 난 지금 기분도 별로야. 전혀 개운하지도 않고 생기가 요만큼도 돌지 않아. 어찌어찌 그 기차를 탄다고 해도 사장이 가만있지 않을 거야. 노발대발하면서 난리를 피울 테지. 왜냐하면 사무실 사환이 분명히 내가 5시 기차를 타고 떠나는 걸 보려고 나와 있었을 것이고, 이미 내가 기차 시간에 맞춰 나타나지 않았다는 것을 보고했을 테니까. 사환이라는 그 녀석은 사장의 심복인 게 분명해. 게다가 줏대도 없고 인정머리라곤 정말 눈을 씻고 찾아봐도 없는 놈이니……

어차피 이렇게 된 거, 병가를 낼까? 하지만 그건 아무래도 부자연스럽고 의심스러운 변명이 될 것 같아. 지금까지 난 5년 동안 근무하면서 한 번도 아파본 적이 없잖아. 그러니까 사장은 분명히 의료보험회사 소속 의사를 데리고 집으로 찾아올 거야. 그러고는 우리 부모님에게 게으른 아들을 두었다고 탓하면서 의사 말만 내세우면서 내 말은 들으려고 하지도 않을 거야.

도대체 의사라는 인간들은 아프다는 말은 귓등으로도 절대로 안 듣고, 이 세상에 실제로 아픈 사람이라는 건 존재하지도 않고, 오직 일하기 싫어하는 사람뿐이라고 주장하니까 말이지. 하긴 지금 같은 경우엔 사장이 전적으로 틀렸다고 할 수도 없긴 하지만……

그레고르는 사실 늦잠을 자고 났을 때 느끼는 까닭 없는 졸음만 빼고는 아무데도 아프지는 않았고 심지어는 지금 몹시 배가 고프기까지 한 상태였다.

그가 이런 생각에 골몰하느라 선뜻 일어날 결심을 하지 못하고 있는데 마침 자명종 시계가 6시 45분을 알렸다. 그리고 동시에 조심스레 그의 머리맡에 있는 문을 노크하는 소리가 들렸다.

"그레고르!"

어머니였다. 어머니는 잠시 기다리다가 대답이 없자 부드럽고 상냥한 목소리로 다시 물었다.

"6시 45분이다. 오늘 안 나가도 괜찮은 거니?"

그레고르는 대답하려다 말고 움찔했다. 자기 목소리에 충격을 받았던 것이다. 그것은 분명히 평소의 자기 목소리이기는 했는데 왠지 그 목소리에는 몸 깊은 곳에서 치밀어 올라오는 것 같은 고통스럽고 제어할 수 없는, 찍찍거리는 마찰음이 섞여 있었다.

그래서 그의 말이 제대로 명확하게 들리는 것은 오직 입에서 나오는 순간뿐이었고, 그 다음부터는 말끝이 점점 흐려져서 도무지 무슨 말인지 상대방이 알아듣긴 했을지 확신할 수 없을 정도였다.

그레고르는 처음에는 어머니에게 오늘 아침 일이 이렇게 된 이유를 제대로 자세히 설명하려고 했지만 이런 형편에서는 그럴 수가 없을 것 같아서 그저 이렇게만 대답했다.

"네, 어머니. 고마워요. 이제 일어날 게요."

나무로 된 방문이 그의 목소리의 변화를 흡수했는지 어머니는 아무 눈치도 채지 못하고 안심했다는 듯 특유의 발을 질질 끄는 듯한 발소리를 내며 걸어 가버렸다. 하지만 그 짧은 대화 때문에 다른 가족들까지 뜻밖에도 그레고르가 아직 출근하지 않고 집에 있다는 것을 알게 되었다. 곧바로 아버지가 옆쪽에 있는 방문을 노크했다. 비록 세게는 아니었다 해도 주먹으로 두드리고 있는 것은 확실했다.

"그레고르! 그레고르! 무슨 일 있니?"

아버지가 외쳤다. 그리고 잠깐 기다려도 아무 대답이 없자 그는 경고하는 것처럼 목소리를 낮추어 다시 한 번 이름을 불렀다.

"그레고르!"

이번에는 반대 쪽 방문에서 누이동생의 걱정스러운 목소리가 조그맣게 들렸다.

"오빠, 어디 아파? 내가 뭐 좀 도와줄까?"

그레고르는 양쪽을 향해 말했다.

"이제 준비 다 됐어요."

목소리가 이상한 것을 감추려고 그는 단어 한 마디 한 마디 사이에 긴 간격을 두고 아주 세심하게 주의하면서 발음했다. 그 말을 듣고 아버지는 아침식사를 마저 하러 식탁으로 돌아갔다. 하지만 누이동생은 가지 않고 다시 속삭였다.

"오빠, 문 좀 열어봐. 부탁이야."

하지만 그레고르는 절대로 문을 열어줄 생각이 없었다. 오히려 숱하게 출장을 다니면서 생긴 조심스러운 버릇대로, 집에서조차도 밤에는 모든 문을 다 잠그는 것을 잊지 않아서 정말 다행이라고 생각했다.

일단 그는 아무런 방해도 받지 않고 느긋하게 일어나서 옷을 갈아입고 무엇보다 오늘은 아침을 꼭 먹어야겠다고 생각했다. 그러고 나서 다음에 어떻게 할지 생각하면 될 것이었다. 침대에 누워서 아무리 머리를 굴려봤자 별 뾰족한 수가 생길 것도 아니었고, 계속 누워 있어서 그런지 몸에도 약간의 통증이 느껴졌다.

하지만 그는 아마도 간밤에 잠을 험하게 자서 그럴 거라고 생각했다. 생각해 보니 전에도 침대 속에 누워 있는 동안 가벼운 통증을 느끼는 경우가 가끔 있었지만, 막상 일어나 보면 아무렇지도 않고 그냥 신경과민이었다 싶었던 것이다. 아마 오늘도 그냥 기분 탓일 거라고 그는 생각했다. 그렇다면 이런 증상이 어떤 식으로 사라질지 궁금해 하며 기대하는 마음조차 일었다. 목소리가 이상해진 것도 아마 감기 증상일 것이었다. 그는 그것을 조금도 의심하지 않았다. 그것은 외판 영업사원에게 직업병과도 같은 것이니까.

이불을 던져버리는 일은 아주 간단했다. 잠깐 숨을 들이마셔 배를 살짝 불룩하게 하는 것만으로도 이불은 바로 미끄러져 바닥으로 떨어졌다. 그러나 그 다음부터는 절대로 쉽지 않았다. 유난히 옆으로 넓게 퍼진 몸이 특히 일을 어렵게 만들었다. 이전 같으면 팔과 손으로 몸을 밀어서 일어나면 간단할 일이었다. 하지만 지금 그가 가진 것은 팔과 손이 아니라 여러 개의 다리들뿐이었다. 게다가 그 다리들은 끊임없이 제멋대로 움직이고 있었고, 절대로 말을 듣지 않았다.

다리 하나를 구부리려고 하는데 오히려 막대기처럼 쭉 펴지는가 하면, 기를 써서 겨우 그 다리를 원하는 자세로 만들어 놓으면 이번에는 다른 모든 다리들이 제멋대로 난리법석을 떠는 것이었다. 그 꼴을 보고 있자니 너무 고통스러워서 그는 눈을 질끈 감았다.

이런 식으로는 안 되겠어. 다른 방법을 찾아보자.

그는 금방이라도 폭발할 것 같은 자신을 타이르면서 일단 하반신부터 침대 밖으로 나가보자고 마음먹었다. 하지만 그는 아직 자기 하반신이 어떻게 생겼는지 상상할 수도 없었다. 눈으로 본 적이 없기 때문이었다. 어쨌든 하반신을 움직이려고 시도해 본 결과 그는 그것이 무척 무겁고 움직이기 어렵다는 것을 확인했다. 도대체 어떻게 생겨먹었는지는 몰라도 정말 아주 조금씩 겨우 움직일 수 있을 뿐이었다.

결국, 그는 거의 발작적으로 있는 힘을 다해 몸을 앞으로 밀어 던졌다. 그런데 방향을 잘못 잡았는지 침대 발치 쪽 기둥에 엉덩이를 세게 부딪치고 말았다. 불이 붙은 것 같은 고통 때문에 한동안 처절하게 괴로워하면서 그는 그 엉덩이 부분이 지금 그의 몸 중에서 가장 민감하고 연약한 부분인가 보다고 생각했다.

그래서 이번엔 상체를 먼저 침대 밖으로 내밀어 보려고 조심스럽게 머리를 침대 가장자리 쪽으로 돌렸다. 막상 해보니까 그건 꽤 수월했다. 심지어 그 커다랗고 무거운 몸통도 머리가 돌아가는 대로 천천히 따라 돌았다. 하지만 드디어 머리가 침대 밖 허공에 떠 있게 되자 그는 불현듯 불안한 생각이 들었다.

만약 그대로 몸을 더 내밀어 침대 밖으로 떨어졌다간 당연히 머리부터 바닥에 떨어질 터였고, 그렇게 된다면 머리를 다칠 것이 뻔했다. 그래서 그는 같은 방향으로 계속 몸을 미는 것이 두려워졌다. 지금 가장 중요한 것은 명석한 상태를 유지하는 것이라고 그는 생각했다. 의식을 잃고 기절해 버릴 바에야 이대로 침대에 계속 누워있는 편이 더 나았다.

아까와 거의 비슷할 정도의 노력을 한 끝에 그는 처음 누워있던 자리로 돌아와 한숨을 돌릴 수 있었다. 하지만 자기 다리들이 서로 싸우듯 엉켜 아까보다도 더 격렬하게 버둥거리는 것을 다시 보자, 그는 이 방자하기 짝이 없는 혼란을 어떻게 가라앉히고 예전의 평온과 질서를 가져올 수 있을지 몰랐다. 그리고 이 모든 것을 해결하는 것이 어쩌면 불가능하지 않을까 하는 불길하고도 절망적인 예감에 사로잡혔다.

그는 다시 한 번, 침대에 계속 이렇게 누워 있을 수는 없다고 다짐했다. 지금 자신이 할 수 있는 가장 현명한 일은 어떤 희생을 치르더라도, 그리고 아무리 성공률이 희박하다 해도 무조건 침대에서 빠져나가기 위해 계속 시도하는 것이라고 생각했다. 그러면서도 한편으로는 서둘러 자포자기식의 결론을 내리는 것보다는 마음을 진정하고 아주 침착하게 생각하는 것이 무엇보다 중요하다는 것 역시 잊지 않았다.

그는 눈을 크게 뜨고 창문 쪽을 바라보았다. 창밖에는 아침 안개가 자욱하게 끼어 있었다. 좁은 골목길의 맞은 편 벽조차 보이지 않을 정도였다. 아무리 쳐다보고 있어봤자 그다지 확신도 용기도 솟아오를 것 같지 않은 을씨년스럽고 썰렁한 풍경이었다.

시계가 다시 7시를 알렸다.

벌써 7시네. 그런데도 아직 안개가 이렇게 자욱하다니 날씨 참 으스스한걸.

그는 잠시 숨을 죽이고 꼼짝도 하지 않고 조용히 좀 더 누워있었다. 혹시라도 그렇게 하고 있으면 모든 것이 현실적인 것으로 자연스럽게 돌아가지나 않을까 기대하는 것처럼. 그러나 곧 그는 자신에게 말했다.

무슨 일이 있어도 7시 15분까지는 반드시 침대에서 빠져나와 있어야 해. 그때쯤이면 내게 무슨 일이 있는지 알아보려고 회사에서 누군가 찾아올 거야. 회사는 7시 전에 문을 여니까.

그는 이번에는 몸 전체를 좌우로 골고루 흔들기 시작했다. 그런 식으로 하면 침대에서 떨어진다고 해도 별 문제가 없을 것 같았다. 머리만 위쪽으로 계속 잘

들고 있으면 머리를 다치는 건 피할 수 있을 것이고, 등껍질은 꽤 단단한 것 같으니까 카펫 위로 떨어져도 별일 없을 것이었다. 다만 걱정스러운 것은 떨어질 때 아무래도 큰 소리가 날 거라는 점이었다.

그렇게 되면 밖에 있는 사람들이 깜짝 놀라기까지는 않더라도 무슨 일인가 하고 걱정할 터였다. 하지만 그 정도는 감수할 수밖에 없다고 그는 결심했다.

그레고르의 몸은 이제 반쯤 침대 밖으로 빠져나왔다. 이 새로운 방법은 그다지 힘들지 않았고 오히려 장난을 치고 있는 기분이었다. 장단을 맞춰서 몸을 좌우로 흔들기만 하면 됐으니까. 문득 그는 누군가 와서 조금 도와주기만 하면 정말 간단하게 해결될 문제라는 생각이 들었다. 힘센 사람 둘이면 충분할 것 같았다. 그는 아버지와 가정부를 떠올렸다. 그들이 팔을 그레고르의 불룩한 잔등 밑으로 밀어 넣고 침대에서 끌어내 바닥에 내려놓고 그가 바닥에서 돌아눕도록 조심스럽게 거들어주기만 하면 될 것이었다. 그렇게 되면 이 여러 개의 작은 다리들도 제 구실을 하겠지.

하지만 방문이 모두 잠겨 있다는 사실은 그만두고

라도 정말 이런 상황에서 도와달라고 소리를 지르는 것이 옳은 일일까? 그래도 될까? 어마어마한 곤경에 빠져 있으면서도 생각이 여기에 미치자 그레고르는 쓴웃음을 금할 수가 없었다.

그는 점점 더 심하게 몸을 흔들었다. 이제 조금만 더 하면 침대에서 빠져나갈 수 있을 것 같았다. 이제 7시 10분! 어떻게든 빨리 일을 해치워야겠다고 생각하는데, 공동주택의 현관 초인종이 울렸다.

벌써 회사에서 누군가 온 게 틀림없어.

그는 순간 몸이 움츠러드는 것을 느꼈다. 하지만 그의 작은 다리들은 한층 더 격렬하게 공중에서 춤을 추고 있었다. 잠시 정적이 흘렀다.

아무도 문을 안 열려나 보군.

어느덧 그는 말도 안 되는 상황을 기대하며 혼잣말을 했다. 하지만 역시 그럴 리는 없었다. 여느 때처럼 가정부가 침착한 발소리를 내며 문으로 가는 소리가 들렸고 이윽고 문이 열렸다. 인사하는 소리만 듣고도 그레고르는 찾아온 사람이 누군지 금방 알았다. 지배인이 직접 온 것이었다. 그레고르는 분통이 터졌다.

난 어쩌다가 이런 회사에 근무하게 된 걸까? 도무지 조금만 게으름을 피워도 금세 무슨 큰 잘못이라도 저지른 것처럼 혐의를 뒤집어씌우면서 직원을 의심하는 이따위 회사에 말이지. 도대체 직원들을 뭘로 생각하는 거야? 사장이 보기에 직원들은 하나같이 치사한 건달들이란 말인가? 충직하고 성실한 직원은 그래 하나도 없다는 거냐고? 살다 보면 늦잠을 잘 수도 있고, 침대에서 빠져나올 수 없는 사정이 생길 수도 있잖아? 고작 아침에 한두 시간 늦었다고 지배인이 직접 오냐고? 사환을 보내 물어봐도 될 일을, 그것도 꼭 필요하다고 생각될 때만 어쩔 수 없이 하는 것이 마땅할 일을 말이야!

그런 걸 굳이 지배인이 직접 와서 무슨 큰일이라도 난 것처럼 아무 잘못도 없는 가족 모두에게 걱정을 끼치면서 알릴 필요가 있냐고?

여기까지 생각하자 그레고르는 더욱 화가 치밀어서 가만히 있을 수가 없었다. 그는 자기도 모르게 힘껏 침대에서 뛰어내렸다. 물론 그것은 심사숙고해서 합리적인 판단으로 한 일이라고는 할 수 없었다.

바닥에 떨어지면서 쿵 소리가 났다. 하지만 걱정했던 것만큼 아주 크지는 않았다. 카펫 때문에 소리가 좀 약해진데다가 그의 등도 생각보다 훨씬 유연했던 것이다. 아무튼 좀 둔탁한 소리를 내는 정도로 그는 침대를 탈출하는 데는 일단 성공했다. 하지만 머리 쪽을 충분히 주의하지 못하는 바람에 떨어지면서 머리를 부딪치고 말았다. 그는 짜증도 나고 고통스럽기도 해서 목을 비틀어 머리를 카펫에 문질러 댔다.

"저 방에서 뭔가 떨어지는 소리가 났어요."

왼쪽 방에서 지배인이 말하는 소리가 들렸다. 그레고르는 오늘 자신에게 일어난 것과 같은 일이 지배인에게도 일어난다면 어떨지 상상해 보았다. 그러고 보면 그런 일이 절대로 일어나지 말란 법도 없었다.

그레고르의 상상에 재빨리 대답이라도 하는 것처럼 지배인이 단호하게 두세 걸음 방문 쪽으로 걸어오는 발소리가 들렸다. 몹시도 번쩍거리는 그의 에나멜 구두가 내는 발소리를 그레고르는 똑똑히 알고 있었다.

그레고르에게 알려주려고 오른쪽 방에서 누이동생이 속삭이는 소리가 들렸다.

"오빠, 지배인님이 오셨어."

"알아."

그는 중얼거렸다. 누이동생이 알아들을 정도로 목소리를 높이기는 아무래도 망설여졌던 것이다. 그때 왼쪽 방에서 아버지가 부르는 소리가 들렸다.

"그레고르, 지배인님 오셨다. 네가 오늘 새벽 기차를 왜 타지 않았는지 물으시는데 난 뭐라고 말씀드려야 할지 몰라서 쩔쩔매고 있는 중이다. 지배인님이 너하고 직접 이야기를 하고 싶다니까 어서 문을 열어라. 방이 지저분해도 괜찮아. 사람 사는 게 다 그렇지 뭐. 그 정도는 아마 너그럽게 봐주실 게다."

"잘 잤나, 잠자 군?"

무척 다정한 척하며 지배인이 끼어들었다. 그러자 어머니가 얼른 지배인을 막고 나섰다.

"우리 애가 지금 몸이 좋지 않은가 봐요. 그레고르

가 기차 시간에 늦을 사람이 아니란 건 지배인님도 아시잖아요. 그 애는 그저 일 밖에 모른답니다. 밤에도 한 번 나다니는 일도 없고, 이제는 정말 철이 든 것 같아요. 집에 온지 일주일이 됐지만 매일 저녁 집에만 있었어요. 부엌에서 가족들과 같이 앉아 있거나 신문을 보거나 기차시간표를 들여다보는 게 전부예요. 가끔 실톱을 갖고 뭔가 공예품 같은 걸 만들기는 해요. 그레고르는 그런 걸 좋아하거든요. 며칠 전에도 이틀 밤인지 사흘 밤인지 걸려서 작은 액자를 하나 뚝딱 만들었는데 얼마나 예쁘게 잘 만들었는지 보시면 아마 깜짝 놀라실 거예요. 그 애 방에 걸려있으니까 그레고르가 방문을 열면 바로 보일 거예요. 그건 그렇고, 아무튼 지배인님이 오셔서 다행이에요. 우리가 아무리 애를 써도 그레고르가 방문을 열게 하지는 못하거든요. 고집이 여간 세야죠. 아무튼 지금은 분명히 어딘가 몸이 안 좋은가 봐요. 조금 전에 물어봤을 땐 괜찮다고 말했지만 아마 제가 걱정할까봐 그랬던 게 분명해요. 제 생각엔 틀림없이 몸이 안 좋은 거예요."

"금방 나갈게요."

그레고르는 천천히 신중하게 대답하고, 밖에서 나누는 대화를 한 마디라도 놓칠새라 꼼짝하지 않았다.

"몸이 아픈 것 말고는 무슨 다른 이유가 없을 거라고 저도 생각합니다, 잠자 부인. 심하게 아픈 건 아니었으면 좋겠군요. 하지만 우리 장사하는 사람들은 안됐다고 해야 할지, 다행이라고 해야 할지 모르겠지만 아무튼 일에 대한 책임감이 있는 사람이라면 몸이 좀 불편한 정도는 신경 쓸 여유가 없거든요."

지배인이 훈계하는 투로 말했다.

"지배인님이 방에 들어가시게 이젠 문 좀 열어."

아버지가 초조하게 방문을 다시 두드리며 말했다.

"안 돼요."

그레고르가 대답했다. 순간 왼쪽 방에 아주 어색한 침묵이 감도는 것이 느껴졌다. 그리고 오른쪽 방에서 누이동생이 갑자기 흐느껴 울기 시작했다.

그런데 그레테는 왜 다른 사람들이 모여 있는 곳으로 가지 않고 혼자 떨어져 있는 거지? 아, 방금 전에 일어나서 옷도 아직 못 갈아입은 모양이군.

그건 그렇고 그레테는 대체 왜 우는 걸까? 내가 일

어나지 않아서? 지배인을 방에 못 들어오게 해서? 내가 직장에서 쫓겨날 위험에 처해 있어서? 게다가 만약 그렇게 된다면 사장이 또 다시 전처럼 빚 독촉을 하면서 부모님을 괴롭힐까봐 걱정돼서? 하지만 아직은 그런 일까지 걱정할 단계는 아닌데.

난 아직 멀쩡히 여기 존재해 있고, 가족을 저버리고 나 혼자만 살겠다고 집을 나가버릴 생각은 단 한 번도 해본 적이 없는걸.

물론 나는 지금 카펫 위에 나자빠져 있긴 해. 내 이런 꼴을 안다면 아무도 나에게 문을 열라고 하지 않을 테고, 지배인을 만나라고도 말할 수 없을 텐데.

어쨌든 이건 단순히 작은 무례일 뿐이니까, 분명히 나중에 그럭저럭 적당한 변명거리를 찾을 수 있을 거야. 그리고 이 정도 일로는 회사에서 나를 당장 해고할 수도 없을 테지.

그레고르는 지금 상황에서는 지배인에게 구구하게 사정하며 애원하는 것보다는 차라리 그를 이대로 그냥 보내는 것이 더 현명하다고 판단했다. 어차피 지금 상황에서는 어떻게도 할 수 없으니 나중에 좋은 방도를 찾으리라 생각했다. 그러나 가족들은 일이 어떻게 돌아가는지 사태를 파악할 수 없어서 지배인 앞에서 걱정과 변명을 늘어놓는 것이니까 그들의 태도 역시 무턱대고 나무랄 수는 없겠다고 생각했다.

갑자기 지배인이 목소리를 높였다.

"잠자 군! 도대체 이게 무슨 짓인가? 방에 틀어박혀서 고작 '예, 아니오'라고 퉁명스러운 대답만 하면서 지금 부모님께 쓸데없이 큰 걱정을 끼쳐드리고 있지 않나? 내가 이 말까지는 하지 않으려고 했네만, 자네 하는 짓을 보니 말 난 김에 해야겠네. 자네는 지금 말도 안 되는 방식으로 직무 태만을 범하고 있어. 지금 자네 부모님과 사장님을 대신해서 말하는데 당장 솔직하게 분명한 설명을 해주게."

그래도 방안에서 아무 대답이 없자 지배인은 다시 아까보다는 좀 낮은 목소리로 말을 이었다.

"정말 어이가 없군. 난 이제까지 자네가 침착하고 분별력 있는 사람인줄 알았는데 지금 고집을 부리는 걸 보니 내가 사람을 잘못 봤나 보다는 생각이 다 드는군. 사실 오늘 아침에 사장님이 자네가 오늘 출근

하지 않은 건 얼마 전에 수금한 돈 때문일지 모른다고 그러셨네. 물론 나는 절대 그럴 리 없다고 내 명예를 걸고 딱 잘랐네. 그건 지금도 맹세할 수 있어. 하지만 지금 도저히 이해할 수 없는 자네 고집을 보니 자네를 변호하고 싶은 마음이 싹 사라지는군."

지배인은 다시 말을 멈추고 대답을 기다렸다. 묵묵부답! 지배인은 이제 정말 화가 난 것 같았다.

"사실 자네 자리도 안전한 건 아니야. 이런 얘기는 자네와 둘이 있을 때 조용히 말하려고 했지만 자네가 마땅한 이유도 없이 내 시간을 낭비하고 있으니 자네 부모님도 들어선 안 될 이유가 없어진 것 같네. 사실 요즘 자네 실적이 형편없잖아. 물론 요즘이 비수기라는 건 나도 인정해. 하지만 내 말은 비수기라고 해도 업무를 등한시하면 안 된다는 거지. 잠자 군, 그런 건 우리가 용납할 수 없네."

"하지만 지배인님."

그레고르는 고함을 질렀다. 흥분한 나머지 조심성이고 뭐고 다 잊어버리고 그는 말하기 시작했다.

"금방 일어나서 문을 열 테니 잠깐만 기다리세요.

몸이 좀 안 좋아요. 아침 내내 현기증이 나서 자리에서 일어날 수가 없어서 그랬어요. 아직도 침대에 누워 있지만 이제 괜찮아졌어요. 지금 일어나는 중입니다. 잠깐만요. 기다려주세요. 생각보다 쉽지는 않지만 이제 괜찮은 편이예요. 이렇게 갑자기 병이 날 줄이야!"

그레고르는 서랍장 쪽으로 이동하려고 애쓰면서 자신이 무슨 말을 하는지 잘 생각해보지도 않고 마구 입 밖으로 말을 쏟아냈다.

"엊저녁만 해도 괜찮았는데 말이죠. 부모님도 아십니다. 저보다 더 잘 아시죠. 아니, 생각해 보니까 어제 저녁부터 증세가 있긴 했어요. 왠지 좀 불길한 예감이 들었더랬죠. 제 안색을 보면 다들 알았을 텐데요. 왜 회사 분들께 한 마디라도 미리 말씀을 드려놓지 않았는지 모르겠어요. 하지만 그럴 때마다 제 마음속에 떠오르는 건 '병은 집에서 고치는 게 아니다'라는 격언이죠. 그래서 이 정도 아픈 건 집에서 쉬지 않더라도 이겨낼 수 있다고 생각했던 겁니다. 지배인님, 제발 부모님을 힘들게 하지 말아주세요. 그리고 방금 저한테 하신 비난도 모두 당치않은 말씀입니다. 이제까지 저는 한 번도 그런 비난을 들어본 적이 없습니다. 혹시 제가 보낸 최근의 계약서들을 못 보신 건 아닌가요? 아무튼 아직 8시 기차가 있으니까 그걸 탈게요. 몇 시간 쉬었더니 이제 기운이 납니다. 먼저 돌아가세요, 지배인님. 사무실로 곧 뒤따라갈게요. 그리고 제발 사장님께도 말씀 좀 잘 해주십시오."

아마도 침대 위에서 연습을 한 덕분인지 이번에는 비교적 쉽게 몸을 움직일 수 있었다. 이제 몸을 일으켜 세우기만 하면 될 것 같았다. 그는 정말로 문을 열고 싶었다. 문을 열고 자신의 모습을 보여주고 지배인과 얘기하고 싶었다. 저렇게까지 끈질기게 자신을 몰아붙이는 사람들이 자신의 모습을 보고 무슨 말을 할지 정말 궁금하다고 그는 기대하기조차 했다. 만약 그들이 모두 깜짝 놀라 충격을 받는다면 더 이상 그레고르에게 책임을 물을 수는 없을 것이고 그러면 그레고르는 쉴 수 있을 것이다. 그러나 만약 그들이 이 사태를 아무렇지도 않게 받아들인다면, 그렇다 해도 그가 흥분할 이유는 없다. 그땐 서둘러서 8시 기차를 타러 가면 되는 거니까.

처음에는 표면이 미끄러운 서랍장에 등을 제대로 기대지 못해서 몇 번이나 그냥 미끄러졌지만, 이제 그는 마침내 일어나서 똑바로 설 수 있었다. 하반신이 몹시 아팠지만 그런 걸 신경 쓸 형편은 아니었다. 이번에는 옆에 있는 의자 등받이를 향해 몸을 던져 작은 다리들로 의자 가장자리를 꽉 붙잡았다. 이제 겨우 자기 몸을 스스로 움직일 수 있게 된 그레고르는 다시 차분해졌다. 그는 지배인이 하는 말을 들으려고 귀를 기울였다.

"무슨 말인지 한 마디라도 알아들으셨어요? 설마 우리를 놀리고 있는 건 아니겠죠?"

지배인이 그의 부모를 돌아보며 물었다.

"세상에! 무슨 말씀을 그렇게 하세요? 저 애는 지금 정말 심하게 아픈 거예요. 그런데도 우리는 지금 저 애를 괴롭히고 있는 거라고요."

어머니가 울면서 지배인에게 소리쳤다.

"그레테! 그레테!"

어머니는 갑자기 누이동생을 불렀다.

"왜요, 엄마?"

반대편에서 누이동생이 대답했다. 그레고르의 방을 사이에 두고 그들은 큰소리로 대화를 나눴다.

"어서 병원에 가서 의사선생님을 모셔와. 그레고르가 많이 아픈가 봐. 빨리 갔다 와. 방금 그레고르가 말하는 소리 너도 들었지?"

"그건 짐승의 소리였어요."

어머니의 절규와는 대조되는 낮고 냉정한 목소리로 지배인이 말했다.

"안나! 안나!"

아버지가 곁방 건너 부엌을 향해 가정부를 불렀다.

"가서 열쇠공을 불러와, 당장!"

어느새 두 소녀가 마룻바닥에 치마 스치는 소리를 내며 곁방을 빠져나가 현관문을 열어젖히고 밖으로 뛰쳐나가는 소리가 들렸다. 동생은 어떻게 그렇게 빨리 옷을 입을 수 있었을까 하고 그레고르는 생각했다. 현관문이 다시 닫히는 소리는 들리지 않았다. 끔찍한 불행이 닥친 집에서는 늘 그렇듯이, 그들은 문을 열어젖힌 채로 나간 것이 분명했다.

한편 그레고르는 점점 침착해졌다. 아마 자기 귀에

는 이미 익어서 그랬겠지만 자기 딴에는 전보다 훨씬 명료하고 똑똑하게 말했다고 생각했는데도 사람들은 그의 말을 알아듣지 못했다. 어쨌든 중요한 것은 사람들이 이제 그의 신상에 무슨 일이 일어났다는 것을 알게 되었고 도우려고 하고 있다는 것이었다.

그들이 그의 곤란한 상황에 대처하기 위해 보여준 믿음직하고 현명한 반응은 그레고르의 기분을 한결 편하게 해주었다. 이제 그는 다시 인간다운 기분을 느끼기 시작했고, 의사든 열쇠공이든 그들에게서 엄청나게 기적적인 도움을 받게 될 것이라고 기대했다.

이제 조금 있으면 결정적으로 중요한 대화를 하게 될 것이었다. 그래서 그는 그때를 대비해서 목소리를 가다듬으려고 살짝 헛기침을 했다. 그러면서도 너무 크게 울리지는 않도록 조심했다. 왜냐하면 그의 기침 소리조차 이제는 인간의 기침 소리와는 매우 다를지도 몰랐고, 자기 입장에서는 더 이상 자신의 소리가 인간의 소리와 같은지 다른지를 판단할 능력도 없을 것 같았기 때문이었다.

그러는 동안 옆방은 매우 조용해졌다. 부모님은 아

마도 탁자 주변에 둘러앉아 지배인과 나지막하게 이야기를 나누고 있는 모양이었다. 아니면 모두가 방문에 바짝 귀를 갖다 대고 이 방에서 무슨 소리가 나는지 듣고 있는지도 모를 일이었다.

그레고르는 의자를 조금씩 밀면서 천천히 방문 쪽으로 다가갔다. 드디어 방문 앞에 이르자 그는 의자를 그 자리에 놓고는 문 쪽으로 몸을 던져 문에 몸을 바짝 붙이고 똑바로 섰다. 발바닥에서 좀 끈적끈적한 물질이 나오는 것 같았다. 그는 아주 잠깐 동안 그대로 서서 숨을 돌렸다. 기운이 좀 회복되자 그는 열쇠 구멍에 끼워 놓은 열쇠를 돌려보려고 입으로 물었다.

하지만 이럴 수가! 유감스럽게도 그의 입속에는 이가 하나도 없었다. 이가 없다면 이제 어떻게 열쇠를 잡는단 말인가? 그는 이가 없는 대신 턱관절이 아주 강하다는 것을 깨달았다.

그는 턱관절을 이용해 열쇠를 움직이기 시작했다. 그러다간 아무래도 어딘가 다칠 것이 뻔했지만 그런 걸 신경 쓸 때가 아니었다. 벌써부터 그의 입에서는 뭔지는 모르겠지만 갈색 액체가 질질 흘러나와 열쇠를 타고 방바닥에 똑똑 떨어지고 있었다.

“들어보세요. 저 사람이 열쇠를 돌리고 있군요.”

옆방에서 지배인이 말했다. 그것은 그레고르에게 아주 큰 격려가 되었다. 하지만 부모님도 응원해 주었다면 더 좋았을 텐데 하고 그레고르는 생각했다.

“잘해봐, 그레고르.”

이렇게만 말해줘도 좋았을 것이다.

“힘을 내, 계속 자물쇠를 꼭 붙들고 늘어져!’

이렇게 말해 주었으면 더 좋았을 것이다.

모두들 자기가 하고 있는 일을 손에 땀을 쥐고 지켜보고 있다는 생각에 그는 온 힘을 다해 미친 듯이 열쇠에 달라붙었다. 입으로만 자신의 온몸을 지탱하며 매달려 있던 그는 열쇠가 돌아가는 대로 자물쇠 주위를 춤추는 것처럼 함께 돌았다. 때로는 열쇠에 매달려서, 때로는 온몸으로 열쇠를 밀어내리면서 그는 필사적으로 열쇠를 돌렸다. 드디어 자물쇠 속의 용수철이 튀는 듯 날카로운 철컥 소리가 들렸다. 그레고르는 문득 정신을 차렸다. 그리고 한숨을 푹 내쉬면서 중얼거렸다.

이제 열쇠공은 필요 없겠군.

그러고 나서 그는 방문을 활짝 열기 위해 손잡이 윗부분에 머리를 얹었다. 문을 이런 식으로 열 수 밖에 없었기 때문에 사실 방문은 이미 반쯤이나 열려 있었지만 아직 저쪽에서는 그의 모습을 볼 수 없었다.

그는 우선 천천히 몸을 돌려 문짝 주위를 돌아서 나와야만 했다. 게다가 사람들 앞에서 꼴사납게 벌러덩 나자빠지지 않기 위해서는 아주 세심한 주의가 필요했다. 그가 아직도 낯설기 짝이 없는 그 어려운 보행에 정신이 팔려 다른 일에는 신경 쓸 겨를이 전혀 없는 상황에서 벌써 지배인이 "오!"하고 크게 외치는 소리가 들렸다. 그것은 마치 바람이 윙! 하고 세차게 몰아치는 소리 같았다.

그레고르의 눈에 지배인의 모습이 들어왔다. 문에서 가장 가까이 서있던 지배인은 커다랗게 딱 벌어진 입을 손으로 틀어막은 채 뭔가 눈에는 보이지 않지만 지속적으로 밀어닥치는 어떤 힘에 밀려나고 있는 것처럼 주춤주춤 뒤로 물러나고 있었다.

지배인이 와 있는데도 여전히 자고 일어난 그대로 헝클어진 머리를 어쩌지 못하고 있던 어머니는, 그레고르를 보자 우선 양손을 깍지 끼고 아버지를 쳐다봤다. 그러고 나서는 그레고르를 향해 두세 걸음 다가서는가 싶더니 그대로 무릎을 꿇으며 순간적으로 마룻바닥에 활짝 펼쳐진 치마 한복판에 푹 주저앉고 말았다. 어머니의 머리는 가슴에 묻혀 보이지 않을 정도로 푹 숙여져 있었다.

아버지는 노골적인 적개심을 나타내며 마치 그레고르를 때려눕혀 방에 처넣기라도 할 것처럼 주먹을 불끈 쥐었다. 하지만 곧 불안한 눈으로 방안을 둘러보더니 갑자기 두 손으로 눈을 가리고 울기 시작했다. 그레고르는 아버지의 두툼한 가슴팍이 들썩거리는 것을 바라보았다.

그레고르는 방 안으로 들어가지 않고 그대로 서 있었다. 단단히 경첩이 걸려 있는 문 안쪽에 기대어 선 그의 몸은 반은 안에, 반은 밖에 걸쳐 있었다. 이 상태에서 그는 머리를 빠끔히 내밀고 이쪽 방에 있는 사람들의 모습을 살펴보고 있었다.

그러는 동안 날은 이미 훤하게 밝았다. 거리 맞은편 쪽에 끝없이 이어져 있는 짙은 회색빛의 병원 건물 일부가 꽤 선명하게 보였고 그 건물 정면에 일정한 간격을 두고 똑같은 모양으로 늘어서 있는 비정한 창문들도 보였다.

아직도 비가 내리고 있었다. 커다란 빗방울들이 한 방울 한 방울 땅바닥에 내던져지는 것처럼 내리고 있는 것이 그레고르의 눈에는 분명히 보였다.

아침을 먹은 그릇들이 아직도 식탁 위에 그대로 어지럽게 놓여 있었다. 너무하다 싶을 정도로 그릇들이 많았다. 그것은 아마 그레고르의 아버지에게 아침식사는 하루 세끼 중 가장 중요한 식사였기 때문이었을 것이다. 아버지는 늘 아침 식사를 하는 내내 여러 종류의 신문을 읽으면서 몇 시간을 질질 끌었던 것이다.

마주보이는 벽에는 군대 시절에 찍은 그레고르의 사진이 걸려 있었다. 소위 계급의 군복 차림으로 허리에 찬 칼에 한 손을 얹고 소박해 보이는 미소를 짓고 있었다. 그 사진은 마치 보는 사람에게 그의 군인다운 태도와 위풍당당한 제복에 대해 경의를 표하라고 요구하는 것 같았다.

현관으로 통하는 문은 열려 있었고 현관문 역시 열려 있었다. 열린 문들 너머로 현관 밖의 복도와 아래로 내려가는 계단이 훤히 내다보였다.

그레고르는 지금 냉정을 잃지 않고 있는 사람은 오직 자기뿐이라는 것을 똑똑히 인식했다. 그는 지배인에게 말했다.

"그럼 이제 바로 옷을 갈아입고 옷감 견본들을 챙겨서 출발하겠습니다. 이제 잘 아셨죠? 전 절대로 고집스럽지 않아요. 게다가 일하는 것도 무척 좋아합니다. 출장 영업일은 물론 힘들지만 그 일을 하지 않으면 생계를 이어갈 수 없다는 것 역시 잘 압니다."

지배인이 갑자기 집밖으로 나갈 것처럼 등을 돌렸다. 그는 그의 등에 대고 소리쳤다.

"어디 가시려고요, 지배인님? 사무실로 가십니까? 그럼 모든 것을 있는 그대로 정확히 보고해 주세요. 지금 당장은 일하는 것이 무리일 것 같습니다만, 지금까지의 제 근무 태도와 성과를 고려해 주시기 바랍니다. 나중에 몸이 좋아지면 훨씬 더 부지런하게 집중적으로 일해서 그동안 뒤처진 몫까지 단번에 보충할 것을 믿어 주세요. 물론 저는 사장님께 큰 빚이 있고 또 부모님과 동생을 부양해야 합니다. 그건 지배인님도 잘 아시잖습니까. 지금 상황이 정말 안 좋습니다만 전 반드시 이 어려움을 이겨내겠습니다. 이미 감당하기 어려운 제 상황을 더 어렵게 만들지 않았으면 좋겠어요. 사무실에 돌아가서 제발 제게 불리한 말씀은 하지 마세요. 아무도 저 같은 출장영업 직원을 좋아하지 않는다는 것쯤은 저도 물론 잘 알고 있어요.

사람들은 모두, 우리가 쉽게 일하면서 돈을 엄청나게 번다고 생각하는데, 그건 이 일을 잘 몰라서 갖는 편견일 뿐이에요. 그거야 뭐, 지배인님이 다른 직원들보다 훨씬 더 잘 아시지 않습니까. 사실 사장님보다도 지배인님이 더 잘 아시고요.

사장님처럼 사업하시는 분들은 직원들을 잘못 평가하는 일이 많죠. 필요 이상으로 엄격하게 평가하는 일도 흔하구요. 하지만 지배인님은 누구보다 잘 아시잖아요. 저희 같은 출장 영업사원들이 거의 일 년 내내 사무실을 떠나 일하기 때문에 쉽게 근거 없는 소문의 대상이 되기도 하고 아무런 이유 없이 불평의 대상이 되기도 한다는 것을요. 게다가 우리는 그 소문들에 대해서 듣지도 못하니 거기에 대해 자신을 변호하는 것조차 거의 불가능하죠. 우리는 길고 긴 장거리 여행에 지친 몸으로 돌아와 그런 소리를 듣게 되죠. 도대체 왜 그런지 영문도 모른 채 불리한 소문의 피해를 고스란히 당하고 있을 수밖에 없고요. 돌아가시기 전에 한 마디라도 좀 해주세요. 제 말에, 최소한 일부분만이라도 동의하신다면 그렇다는 표시라도 좀 해주세요."

하지만 그레고르가 말문을 열기가 무섭게 이미 등을 돌려버렸던 지배인은 입을 불쑥 내밀고 경련하듯 움찔움찔하는 어깨 너머로 고개만 돌려 그레고르를 응시하고 있었다. 그리고 그레고르가 말을 하는 동안 내내 지배인은 잠시도 가만히 서 있지 않았다. 시선은 그대로 그레고르에게 고정시키고 있었지만 몸은 조금씩 문 쪽으로 계속 움직이고 있었다. 마치 거실을 떠나면 안 된다는 금지령이 은밀하게 내려진 것처럼, 문 쪽으로 가는 것을 들키면 안 되는 것처럼 그는 정말 조금씩 정말 천천히 움직여 나갔다.

마침내 현관 복도에 이르자, 그는 갑자기, 발에 불이 붙지 않았을까 싶을 만큼 급격한 동작으로 거실에서 한 발을 당겨 빼더니 곧장 현관으로 달려 나갔다. 그는 복도를 뛰어가면서 계단을 향해 크게 오른팔을 뻗었다. 마치 계단 아래에는 뭔가 그를 구해줄 초자연적인 힘이 기다리고 있다고 믿는 것 같았다.

그레고르는 자기 위치가 지극히 위태로워졌다는 사실을 직감했다. 지배인을 이렇게 보낼 수는 없었다. 부모님은 아직 사태를 잘 파악하지 못하는 것 같았다. 그레고르가 평생 이 회사에서 밥을 먹을 수 있을 거라고 믿고 있었던 부모님은 눈앞에 닥친 걱정만으로 마음이 가득 차서 장래에 대한 생각까지 할 여유가 전혀 없는 것 같았다. 하지만 그레고르는 이런 상황에서도 미래를 내다보는 선견지명이 있었다.

어떻게든 지배인을 붙잡아 놓고 일단 진정시켜야 해. 그리고 달래고 설득해서 그의 마음을 내 편으로 휘어잡아야만 해. 나와 우리 가족의 미래가 지금은 온통 그 한 사람에게 걸려 있어. 지금 누이동생이 있다면 얼마나 좋을까! 그 애는 참 영리하지. 아까 내가 아직 평온하게 누워 있을 때부터 벌써 그 애는 울고 있었잖아. 게다가 지배인은 여자를 좋아하니까 분명히 동생이 설득하면 말을 들을 거야. 누이동생이 있었다면 벌써 현관문부터 탁 닫아버렸을 텐데. 그리고 지배인을 옆방으로 데려가서 사정을 잘 설명하고 그가 충격에서 벗어나게 했을 텐데. 하지만 지금은 동생이 없으니 어쩔 수 없지. 나 혼자 어떻게든 해결해야만 해.

지배인은 아직도 충격에서 벗어나지 못한 채 숨을 몰아쉬며 현관 밖 층계참에서 계단 난간을 두 손으로 붙들고 우스꽝스런 자세로 매달려 있었다.

그는 자기 몸을 어떻게 움직일 수 있는지 전혀 모른다는 것을 잊고, 또 아까 자기가 그렇게 구구하게 했던 말을 지배인은 어쩌면 하나도 알아듣지 못했을 지도 모른다는 것도 잊은 채, 오직 지배인을 얼른 가서 잡아야 한다는 생각만으로 붙잡고 있던 문을 놓고 열린 현관문으로 가려고 몸을 움직였다.

하지만 문에서 몸을 떼는 순간 그는 몸을 의지할 것을 찾아 허우적거렸고 짧은 비명을 내지르며 쓰러졌다. 이번에는 어느새 여러 개의 작은 다리가 몸을 지탱하며 안전하게 바닥에 착지했다. 그는 온몸에 짜릿한 쾌감을 느꼈다. 그날 아침 이후 처음으로 몸을 제대로 가누었던 것이다. 작은 다리들이 단단한 바닥을 딛고 있었다. 이제부터는 완전히 자기 뜻대로 몸을 가눌 수 있을 것 같은 생각이 들었다. 게다가 지금 다리들은 자기가 원하는 방향으로 몸을 운반해 가려고 하고 있는 것 같았다. 이런 식이라면 일은 다 해결된 거나 마찬가지 아닌가 하는 기대가 갑자기 그의 마음속에 가득 피어올라 하마터면 그는 이 모든 슬픔이 곧 끝날 거라고 믿어버릴 뻔했다.

몸은 아직도 떨어진 충격에서 벗어나지 못하고 좌우로 조금씩 흔들리고 있었다. 몇 걸음 앞쪽에 있던 어머니와 눈이 마주쳤다. 방바닥에 다리를 벌린 채 딱 버티고 서서 정면으로 자신을 노려보고 있는 그의 모습을 보자, 그동안 얼빠진 듯 멍하니 있던 어머니는 갑자기 벌떡 일어나더니 있는 대로 양팔을 벌리고 손가락을 활짝 펼치면서 고함을 질렀다.

"사람 살려! 제발 누가 좀 도와주세요!"

어머니는 그레고르의 모습을 더 자세히 살펴보려는 것처럼 고개를 수그리고 있었지만 발은 무의식적으로 정신없이 계속 뒷걸음질치고 있었다. 바로 뒤에 아침식사를 하던 식탁이 아직 치우지도 않은 채 그대로 있다는 것도 잊고, 게다가 식탁에 닿자 그게 뭔지도 모르면서 얼른 그 위에 주저앉아 버렸다. 커피주전자가 엎어져 다 식은 커피가 카펫 위로 쏟아지고 있는 것도 어머니는 전혀 인식하지 못했다.

"어머니, 어머니."

그레고르는 작은 목소리로 어머니를 불렀다. 커피가 줄줄 흐르는 것을 보자 그는 자기도 모르게 턱으로 딸깍하는 소리를 내면서 어머니를 올려다보았다. 그 모습을 보자 어머니는 새삼스럽게 다시 비명을 지르며 식탁에서 뛰어내리더니 마침 그 쪽으로 급히 달려오던 아버지의 품안으로 뛰어들었다. 그레고르는 지금 부모님에게 신경 쓸 겨를이 없다는 것을 깨달았다.

지배인이 벌써 계단에 도달해 있었던 것이다. 그는 계단 난간에 턱을 얹고 마지막으로 이쪽을 돌아보고 있었다. 그레고르는 지배인을 잡기 위해 몸을 가누었다. 반드시 그를 잡아야 했다. 지배인은 어느새 낌새를 알아챘는지 여러 개의 계단을 한꺼번에 뛰어내려 도망쳐버렸다.

"으악!"

그가 내지른 비명이 계단 통로를 타고 돌며 울려 퍼졌다.

그때까지 비교적 냉정을 유지하고 있던 아버지는 지배인이 비명을 지르며 도망치는 것을 보고는 완전히 돌아버린 것처럼 굴기 시작했다. 지배인을 쫓아가서 잡아오지는 못할망정 지배인을 쫓아가려는 그레고르를 방해하지나 말았으면 좋으련만 아버지는 오히려 오른손에 지배인이 두고 간 지팡이를 (지배인은 얼마나 마음이 급했는지 지팡이, 모자, 코트를 의자 위에 그대로 둔 채 도망갔다) 집어 들고 식탁 위에 있던 신문지를 둘둘 말아 왼손에 들고, 발을 구르며 그레고르를 그의 방 안으로 몰아넣으려 했다.

그레고르가 아무리 애원하고 호소해도 소용없었다. 게다가 아버지는 그의 호소를 전혀 알아듣지도 못하는 것 같았다. 아무리 공손하게 머리를 낮추어도 아버지는 더욱 세게 발을 쿵쾅거리며 다가올 뿐이었다.

거실 건너편에서는 추운 날씨인데도 어머니가 창문을 활짝 열어젖히고, 몸을 한껏 창문 밖으로 엎드려 내밀고는 두 손으로 얼굴을 감싸 쥐고 있었다. 거리에서 그리고 계단 쪽에서 세찬 바람이 불어왔다. 창문의 커튼이 펄럭거리고 식탁 위에 있던 신문들이 바스락거리며 날리다가 몇 장은 훨훨 날려 바닥에 떨어졌다.

아버지는 계속 야만인처럼 싯싯 소리를 내며 그를 방으로 몰아넣었다. 하지만 한 번도 뒷걸음질쳐 본 적이 없는 그레고르는 뒤로 물러서는 것이 서툴 수밖에 없었기 때문에 아주 느린 속도로 천천히 뒤로 물러나고 있었다. 몸을 돌릴 수만 있다면 간단히 방으로 돌아갈 수 있을 거라고 생각하면서도 그는 방향을 전환하는 데 시간이 오래 걸려서 아버지를 초조하게 만들까 두려웠다. 그렇게 되면 아버지가 손에 든 지팡이로 그의 등이나 머리를 후려쳐 치명적인 부상을 입게 될 수도 있었기 때문이다.

하지만 어쨌든 뒷걸음질로는 도저히 방향조차 일정하게 유지할 수가 없었다. 방향을 돌리는 것밖에는 다른 도리가 없다는 것을 깨닫게 된 그레고르는 순간 오싹했지만 어쩔 수 없다고 판단했다.

그는 줄곧 걱정스럽게 아버지를 힐끔힐끔 쳐다보면서 최대한 빨리 몸을 돌리기 시작했다. 하지만 아무리 서둘러도 몸은 아주 천천히 돌아갈 뿐이었다.

다행히도 아버지는 그의 생각을 알아차렸는지 방해하지 않았다. 게다가 가끔은 멀리서 지팡이 끝으로 방향을 지시하기까지 했다.

아버지가 그 참을 수 없는 싯싯 소리만 내지 않으면 좋겠다고 그레고르는 생각했다. 그 소리가 그의 머리를 혼란스럽게 하고 신경을 곤두서게 만들고 있었다. 하마터면 이 싯싯 소리에 정신이 팔려서 저도 모르게 지나치게 몸을 돌려서 원래의 방향으로 돌아가 버리는 실수를 범할 뻔했다.

그래도 마침내 머리를 문 쪽으로 향하도록 만들었을 때 그는 무척 기뻤다. 하지만 문제는 또 있었다. 열린 문틈에 비해 몸이 너무 넓어서 쉽게 통과할 수 있을 것 같지 않았다. 아버지가 다른 한쪽 문을 열어서 충분한 공간을 만들어 주기만 하면 될 테지만 지금 상황으로 봐서는 아버지는 그런 생각 따위는 하지 않는 것 같았다. 오직 그레고르를 방 안으로 가능한 빨리 들여보내야 한다는 생각에만 매달려 있었던 것이다.

일어서면 문을 빠져나갈 수 있겠지만, 몸을 일으켜 세우는 것은 몸의 방향을 바꾸는 것보다 훨씬 더 어려울 것이고, 방향을 바꾸는 것처럼 그의 의도를 아버지가 쉽게 알아차리지 못할 수도 있었으며, 무엇보다 아마도 아버지는 그 시간을 결코 기다리지 못할 것이었다. 게다가 아버지는 이제 더 큰 소리를 내며 그레고르를 더 세차게, 마치 앞에 아무런 장애물도 놓여있지 않은 것처럼 맹렬하게 몰아붙였다. 어찌나 고래고래 소리를 질러대는지 이제는 도저히 아버지 혼자 지르는 소리라고는 믿을 수가 없을 정도였다.

정말, 장난 아닌걸!

그레고르는 에라 모르겠다 하는 식으로 단숨에 몸을 방문 사이로 던져 넣었다. 하지만 역시나, 그렇게 한다고 넓은 몸이 좁은 문을 쑥 빠져나갈 수 있을 리는 없었다. 결국 몸 한쪽이 위로 쳐들리면서 문에 끼인 채로 그는 비스듬히 공중에 꼴사납게 떠버리고 말았다. 한쪽 옆구리가 심하게 긁혀서 하얀 문짝에 혐오스런 갈색 얼룩을 남겼다.

이제 그는 혼자 힘으로는 더 이상 움직일 수 없게 되었다. 한쪽 다리들은 허공에서 허우적거리고 있었고, 다른 쪽 다리들은 바닥에 고통스럽게 짓눌려 있었다. 그러자 아버지가 뒤에서 그를 힘껏 밀었다. 그레고르의 몸은 세차게 피를 뿌리면서 방안 깊숙한 곳으로 달려갔다. 아버지가 지팡이로 문을 세차게 쾅 닫아버렸다. 그것으로 드디어 주위는 완전한 침묵 속으로 가라앉았다.

2

사방이 어둑어둑해진 저녁 무렵이 되어서야 그레고르는 혼수상태와도 같은 깊은 잠에서 깨어났다. 잠을 푹 자고 일어나 그동안 쌓인 피로가 완전히 해소된 것 같은 기분이었다. 그러니 아무런 방해가 없었더라도 어차피 그는 일어났을 것이었지만, 그는 사람들이 가볍게 왔다 갔다 하는 발자국 소리와 방문이 조심스레 닫히는 소리 때문에 잠이 깬 것 같은 느낌이 들었다.

가로등 불빛이 희미하나마 천장과 가구 위를 비추고 있었지만 그레고르가 있는 방 아래쪽은 캄캄했다. 그 용도를 이제 겨우 알게 된 더듬이로 아직은 어설프게 앞을 더듬으면서 그는 밖에서 무슨 일이 벌어지고 있는지 알아보려고 슬슬 문 쪽으로 다가갔다. 왼쪽 가슴에서 옆구리까지 전체적으로 깊은 상처가 나 있는 것처럼 불쾌한 통증이 느껴졌다. 게다가 여러 개의 다리는 심하게 절룩거리고 있었고, 다리 하나는 아예 완전히 죽어버린 것처럼 축 늘어져 있었다. 그래도 아침의 그 소동을 겪으면서 다리 하나만 다친 건 차라리 기적이라고 그는 생각했다.

방문 앞에 다다라서야 그는 자신을 문 쪽으로 이끈 것이 무엇인지 깨달았다. 그것은 바로 음식 냄새였다. 문 앞에는 신선한 우유가 가득 들어 있는 둥글고 약간 납작한 대접이 놓여 있었는데, 그 속에는 작은 식빵조각들도 하얗고 탐스럽게 떠 있었다.

어찌나 기쁘던지 그는 하마터면 큰소리로 웃을 뻔했다. 아침때보다도 훨씬 더 배가 고팠다. 그는 얼른 우유 속에 눈이 잠길 정도로 머리를 처박고 먹기 시작했다. 하지만 그는 곧 환멸과 혐오를 느끼며 고개를 들었다. 거의 온몸을 버둥거리고 나서야 겨우 한 입 먹을 수 있는 구조였는데 움직일 때마다 왼쪽 옆구리의 상처가 끔찍하게 아팠다. 게다가 우유 맛도 전혀 느낄 수가 없었다. 아마 그가 좋아하는 음식이라 누이동생이 갖다놓았을 테지만, 지금의 그에게 우유는 맛

없는 정도가 아니라 구역질나는 것이었다. 그는 얼굴을 돌리고 방 가운데로 슬금슬금 기어 돌아갔다.

그레고르는 방문 틈으로 밖을 엿보았다. 거실에는 가스등이 켜져 있었다. 평소 같으면 지금쯤 아버지가 아주 낭랑한 목소리로 어머니나 동생에게 석간신문을 읽어주고 있을 시간이었다. 하지만 지금은 아무 소리도 들리지 않았다. 그런 습관에 대해서는 동생이 편지할 때마다 자주 얘기해서 알고 있었던 일이었는데 어쩌면 그런 습관 자체가 이젠 없어졌는지도 모를 일이었다. 아무튼 낭독소리는 고사하고 집안 전체가 말할 수 없이 조용했다.

집에 아무도 없을 리는 없는데, 어쩌면 이렇게도 조용할까! 정말 조용하군.

그레고르는 혼자 중얼거리며 어둠 속을 물끄러미 지켜보았다. 그리고 이렇게 훌륭한 집에서 부모님과 누이동생이 이처럼 조용하게 생활할 수 있도록 지켜온 자신에게 그는 커다란 자부심을 느꼈다.

하지만 이제 이토록 평온하고 안락하고 만족스러운 생활이 한꺼번에 끝장이 나버린다면 어떻게 하지?

그레고르는 그런 불길한 생각을 하며 괴로워하느니 차라리 몸을 움직이는 것이 상책이라고 생각하면서 좁은 방안을 오락가락 기어 다녔다.

그로부터 밤이 이슥해질 때까지의 길고 긴 시간 동안 방문 하나가 살짝 열렸다가 곧바로 닫혔다. 그리고 조금 있다가 다른 쪽에 있던 문이 아주 조금 틈새가 벌어질 정도로 살짝 열렸다가 급하게 다시 닫혔다. 두 번 모두 누군가 방에 들어오려다가 마음을 바꾼 것 같았다. 아마 누군가 들어올 필요를 느꼈지만 감히 들어오지 못한 것이라 생각하고 그레고르는 거실로 통하는 문 옆에 바짝 붙어 기다렸다. 누군가 또 문을 열었다가 차마 못 들어오고 다시 문을 닫으려고 하면 어떻게든 그 사람을 안으로 들어오게 하거나 아니면 적어도 그게 누군지 알아볼 생각이었다. 하지만 그런 일은 다시 일어나지 않았다. 그레고르의 기다림은 깨끗이 헛수고로 끝났다.

아침에 문이 잠겨있을 때는 모두들 그렇게도 들어오고 싶어 하더니, 이제 그가 문을 하나 열었고 나머지 다른 문의 자물쇠도 낮 시간에 누군가 열어둔 것이 분명한데도 지금은 아무도 들어오려 하지 않았다. 게다가 지금은 열쇠도 문 반대쪽에 꽂혀있는 것 같았다.

늦은 밤이 되어서야 거실의 불이 꺼졌다. 부모님과 누이동생이 이제껏 자지 않고 거실에 모여 있었다는 것이 이제 와서 분명해졌다. 세 사람이 모두 발꿈치를 들고 살금살금 자기들 방으로 걸어가는 소리가 뚜렷이 들렸던 것이다. 이제 아침이 될 때까지는 아무도 그레고르의 방에 오지 않을 것이 확실해졌다. 그것은 곧 그레고르에게, 이제 어떤 방해도 받지 않고 앞으로 어떻게 자신의 인생을 풀어나가야 할지 생각할 충분한 시간이 주어졌다는 뜻이기도 했다.

갑자기 그는 불안을 느꼈다. 무슨 이유에선지는 몰라도 그가 갇혀있을 수밖에 없는 천장 높은 빈방 바닥에 납작하게 엎드려 있는 것이 여간 불편하지 않았다. 누가 뭐래도 자기가 지난 5년간 살았던 방이었는데도 말이다.

그는 거의 무의식적으로 방향을 바꿔 급히 소파 밑으로 기어들어갔다. 가벼운 수치심이 언뜻 가슴속에서 번득이는 것을 느끼면서도 그는 소파 밑으로 완전히 기어들어갔다. 좁은 소파 밑에서는 등이 조금 눌리고, 머리는 들 수도 없었다. 그런데도 그는 금세 어마어마한 쾌감을 느꼈다. 몸통이 너무 넓어서 소파 밑으로 완전히 들어가지 못하는 게 유감스러울 정도였다.

소파 밑에서 배고픔 때문에 끊임없이 자다 깨다 하면서 그는 온 밤을 보냈다. 잠들지 않은 동안에는 앞으로 어떻게 될지, 어떻게 하면 좋을지 끊임없이 걱정했고, 또 아주 가끔은 뜻밖에 잘 풀릴지도 모른다는 막연한 기대를 품어보기도 했다. 아무튼 그가 어떤 식으로 생각을 하든 결론은 언제나 같았다.

우선 지금 당장은 인내심을 갖고 가족들이 이 끔찍한 상황을 잘 견뎌낼 수 있도록 최대한 배려해야 해. 이렇게 된 게 내 탓은 물론 아니지만 어쨌든 이런 몸이 되어서 가족들에게 누를 끼치게 된 건 사실이니까, 아무튼 가족들을 위해서 최대한 참고 견뎌야만 해.

그레고르가 자기 의지력을 시험해 볼 기회는 금방 찾아왔다. 단정하게 옷을 갖춰 입은 누이동생이 왼쪽 방문을 열고 아주 긴장된 모습으로 안을 들여다보았다. 하도 어두워서 그레고르는 아직 밤인 줄 알고 있었지만 어느새 이른 새벽이었나 보다. 동생은 그를 곧바로 발견하지는 못했다. 하지만 그가 소파 밑에 있는 것을 보고는 소스라치게 놀라서 무의식중에 문을 밖에서 쾅 닫아버렸다. 어차피 그가 밖으로 날아갈 수 없으니 방 어딘가에 있을 게 뻔했지만, 동생에게는 너무도 살벌한 충격이었다는 것을 그는 이해했다.

동생은 경솔한 짓을 했다고 후회했는지 곧바로 다시 방문을 열고 마치 중병을 앓고 있는 환자나 생판 모르는 낯선 사람의 방에 들어오는 것처럼 발꿈치를 들고 살금살금 들어왔다.

그레고르는 머리를 소파 오른쪽 모서리 쪽으로 쭉 내밀고 동생의 행동을 관찰했다. 우유를 먹지 않았다는 것, 그리고 그것이 절대로 배가 고프지 않아서가 아니라는 것을 동생이 알아차릴지, 그래서 그에게 좀 더 적당한 음식을 가져다 줄지 궁금했다.

만약 동생이 스스로 그런 것을 눈치 채지 못한다면 그레고르는 설령 굶어 죽는 한이 있어도 내 입으로는 말하지 않으리라 다짐했지만, 사실 마음속으로는 당장 소파 밑에서 뛰쳐나와 동생의 발에 매달려서 뭐든 먹을 것을 가져다 달라고 빌고 싶은 충동을 억누르기 힘들 지경이었다.

다행히 동생은 곧 우유 대접을 발견했다. 그릇 주변에 우유가 좀 흘렀을 뿐 전혀 먹지 않은 것을 보고 좀 의아한 표정으로 잠깐 서 있더니 곧 그릇을 집어 들었다. 그런데 동생은 왠지 대접을 맨손으로 집어 들지 않고 헝겊으로 싸서 들고는 곧 방을 나갔다.

그레고르는 동생이 무엇을 가져올지 무척 궁금해졌다. 그는 온갖 맛있는 음식들을 상상하기 시작했다. 하지만 막상 동생이 가져온 것들은 정말 예상 밖이었다. 아마도 그의 입맛을 알아보려는 기특한 생각에서 동생은 참으로 다양한 종류의 음식을 갖추어 가지고 와서 문 앞에 낡은 신문지를 쫙 펼치더니 하나하나 그 위에 나름 예쁘게 늘어놓기 시작했다. 오래 되어 반쯤 썩어가는 야채 조금, 꾸덕꾸덕하게 굳은 허연 국물이 들러붙어 있는 뼈다귀, 건포도와 아몬드 두서너 알, 이틀 전에 그레고르가 도저히 못 먹는다고 물렸던 치즈 한 조각, 딱딱하게 말라빠진 빵 한 조각과 버터만 바른 빵 한 조각, 그리고 버터와 소금을 바른 빵 한 조각이 있었다. 마지막으로 동생은 그 옆에 예의 그 조그만 대접에 물을 따라 놓았는데, 아무래도 그 대접은 앞으로 죽 그레고르만 쓰도록 정한 모양이었다.

마음씨 착한 누이동생은 그레고르가 자기 앞에서는 먹지 않을 것이라는 것을 알고 황급히 자리를 떴다. 게다가 밖으로 나가서는 열쇠를 돌려 잠그기까지 했다. 이제 아무도 들어오지 않을 테니 마음 놓고 편안하게 먹으라는 배려라고 그는 생각했다.

드디어 먹을 수 있다. 그레고르의 작은 다리들이 와사삭 소리를 내며 빠르게 움직였다. 어제 그를 괴롭히던 상처도 말끔히 다 아문 듯 통증도 전혀 없었고 움직이는데도 아무런 불편이 없었다. 그건 참 놀라운 일이었다. 전에 칼로 손가락을 약간 베었던 일이 생각났다. 한 달이나 됐는데도 그 상처가 바로 엊그제까지도 신경 쓰이게 했던 것을 생각하니 기가 막혔다.

상처가 빨리 아무는 건가, 아니면 내가 전보다 덜 민감해진 건가?

그는 벌써 치즈 덩어리에 달려들어 뭉텅뭉텅 뜯어 먹고 있었다. 치즈 냄새가 신문지 위에 펼쳐 놓은 다른 어떤 음식보다도 훨씬 강력하게 그의 입맛을 끌어 당겼다. 얼마 만에 먹는 음식인지 몰랐다. 그는 눈물까지 글썽거리면서 게걸스럽게 치즈, 썩어가는 야채, 뼈다귀에 붙은 고기부스러기들을 차례로 먹어치웠다. 하지만 신선한 음식들은 전혀 맛이 없었고 심지어 그 냄새조차 역겨워서 그는 모처럼의 진수성찬을 망치지 않도록 먹고 싶은 것들만 좀 떨어진 곳으로 멀찌감치 끌고 가서 먹었다.

이제 더는 못 먹겠다 싶을 정도로 배불리 먹고 나자 그는 그 자리에 그대로 늘어지게 누웠다. 그때 천천히 열쇠를 돌리는 소리가 들렸다. 그것은 그에게 물러나라는 신호이기도 했다. 잠이 들락말락 나른하게 졸고 있던 그는 화들짝 놀라 일어나 얼른 소파 밑으로 기어 들어갔다.

누이동생이 방에 들어와 있는 시간은 이번에도 극히 짧은 동안에 불과했지만 소파 밑에 꼼짝 않고 있기 위해서는 엄청난 참을성과 노력이 필요했다. 잔뜩 먹은 탓에 배가 둥그렇게 부풀어 올라서 그 좁은 공간에서는 숨쉬기조차 힘들었기 때문이다.

거의 질식할 것 같은 느낌에 괴로워하면서 그는 약간 튀어나온 눈으로 동생이 남은 음식들을 빗자루로 쓸어 모으는 것을 쳐다보았다. 동생은 그레고르가 먹고 남긴 찌꺼기들은 물론, 입도 대지 않고 남긴 음식들도 모두 한꺼번에 쓸어 모아서, 이제 그 음식들이 더 이상 먹을 수 없는 것이라는 듯 얼른 쓰레기통에 부어버리더니 나무 뚜껑을 덮어서 가지고 나갔다. 동생이 나가기 무섭게 그레고르는 재빨리 소파 밑에서 기어 나와 몸을 쭉 펴고 심호흡을 했다.

그날부터 그레고르는 이런 식으로 매일 동생에게 음식을 받아먹게 되었다. 부모님과 가정부가 아직 일어나지 않은 이른 아침에 한 번, 점심을 먹고 난 다음에 부모님이 낮잠을 주무시는 동안 가정부에게 무슨 심부름으로든 밖으로 내보내고 나서 한 번.

가족들 모두 그레고르가 굶어 죽기를 바라지 않는 것은 분명했다. 하지만 부모님은 그가 밥을 먹는 모습을 차마 직접 볼 엄두는 내지 못하는 것 같았고, 동생한테서 전해 듣는 것만으로 충분한 것 같았다. 아마도 동생 역시 그런 상황을 눈치 빠르게 파악하고, 이미 심각한 고민에 빠져 있는 부모님의 괴로움을 조금이라도 덜어드리려고 신경을 쓰고 있을 터였다.

그레고르는 이 모든 일이 일어난 그 첫날 아침에 가족들이 도대체 무슨 핑계로 의사와 열쇠공을 돌려보냈는지 전혀 듣지 못했다. 아무도 그의 말을 알아듣지 못했기 때문에 그 누구도, 동생조차도, 그가 사람의 말을 알아듣지 못할 거라고 생각하는 모양이었다. 그래서 그레고르는 누이동생이 그의 방에 들어와서 왔다 갔다 할 때 가끔 내는 한숨소리와 성자 이름을 외치는 소리를 듣는 것만으로 만족해야 했다.

시간이 흘러 모든 것에 좀 익숙해지자 — 물론 가족들은 이런 상황에 절대로 익숙해지지 않겠지만 — 동생은 가끔 상냥하게, 또는 억지로라도 상냥하게 받아들일 만한 말을 그에게 건네기 시작했다.

그레고르가 그릇을 제법 말끔히 비웠을 때 동생은 이렇게 말했다.

"오늘은 오빠가 저녁을 맛있게 먹었네."

하지만 그레고르는 이제 음식을 남기는 경우가 점점 많아졌다. 그럴 때마다 동생은 슬픈 목소리로 이렇게 말했다.

"또 다 남겼네. 왜 안 먹어?"

비록 직접적으로는 아무런 소식도 듣지 못했지만, 그레고르는 누가 말하는 소리만 들리면 얼른 소리가 나는 문으로 재빨리 달려가서 온몸을 문에 찰싹 붙이고 귀를 기울였다. 그래서 옆방에서 주고받는 이야기를 대부분 다 들었다.

처음 얼마 동안은 그렇게까지 노골적이지는 않았지만, 이틀 내내 식사시간에, 아니, 식사 시간이 아닌 때에도, 대화는 오로지 앞으로 어떻게 할지, 늘 같은 이야기가 반복되었다. 집에는 늘 두 명 이상의 가족이 있었는데, 그도 그럴 것이 아무도 집에 혼자 있고 싶어 하지 않았고, 행여 집을 비우고 가족이 모두 나간다는 것은 감히 상상도 할 수 없는 일이었다.

첫날부터 가정부는 도대체 이 일에 대해서 어디까지 알고 있는지 모르겠지만 당장 그만두고 떠나도록 허락해달라고 어머니 앞에 무릎을 꿇고 빌었다. 그리고 15분 만에 냉큼 짐을 다 꾸리고 나와서는, 지금 그녀를 떠나도록 해 준 것이 자기가 이 집에서 이제까지 받은 최고의 친절이라는 듯 어머니에게 거듭 감사하며, 아무도 부탁하지 않았건만 누구에게도 여기에서 일어난 일에 대해서 절대로 말하지 않겠다고 힘주어 맹세까지 하며 떠나가 버렸다.

이제 동생은 어머니를 도와 음식도 해야 했다. 하긴 가족들 모두 그다지 많이 먹지 않는 편이니까 그리 큰 일은 아니었지만. 그레고르는 매일 식사 때마다 가족들이 필요 없는 짓이라는 것을 알면서도 굳이 서로에게 더 먹으라고 권하는 소리를 들었다. 돌아오는 대답 역시 언제나 '고마워, 됐어' '많이 먹었어' 아니면 그 비슷한 대답이었다.

아버지는 이제 술도 전혀 마시지 않는 것 같았다. 가끔 누이동생이 아버지에게 맥주를 드시겠냐며 자기가 얼른 나가서 사오겠다고 다정하게 말하는 소리가 들렸다. 하지만 아버지는 대부분 아무 대답도 하지 않으셨고, 그러면 동생은 아버지가 혹시 미안해서 그런가 하고, 관리인 아줌마한테 사 오라고 시켜도 된다고 덧붙였으며, 그럴 때마다 아버지는 '필요 없다!'라고 크게 외치는 것으로 대화는 늘 뚝 그쳤다.

그 일이 일어난 첫날에 이미 아버지는 어머니와 동생에게 현재의 재정 상태와 앞으로의 전망에 대해서 자세히 설명해 주었다. 그러면서 아버지는 가끔씩 자리에서 일어나 5년 전 사업이 망했을 때 가게에서 간신히 건진 조그만 금고 속에서 무슨 증서라든가 문서들을 꺼내다가 두 사람 앞에 펼쳐놓고 보여주었다. 아버지가 복잡한 자물쇠를 열어서 물건을 꺼낸 후 다시 잠그는 소리가 들렸다. 아버지의 이런 설명은 그레고르가 방에 감금된 이래 처음 듣는 반가운 소식이었다.

그레고르는 이제까지 아버지가 사업에 실패하면서 다 날려버린 줄로만 알고 있었다. 아마 가족들 모두 그렇게 알고 있었을 것이다. 적어도 아버지는 그런 생각에 반대되는 말을 전혀 한 적이 없었고, 그레고르 또한 그런 일을 굳이 아버지에게 물어본 적도 없었다.

당시 아버지의 사업 실패는 가족을 완전한 절망 속으로 몰아넣었다. 그래서 그때 그레고르의 관심은 오직 어떻게 하면 가족 모두를 절망에서 최대한 빨리 빠져나오게 할 수 있을까 하는 것뿐이었다.

그는 오직 그것만을 위해서 자기의 모든 것을 걸었다. 마침 그 무렵에 그는 바로 직장을 잡았다. 그는 어찌나 열심히 열렬하게 열정을 다 바쳐 일했는지, 하룻밤 만에 신출내기 말단 영업사원에서 순식간에 출장영업직으로 승진했다. 출장영업직이 되면 지금까지와는 비교도 안 될 만큼 돈을 벌 수 있는 기회가 많았다. 게다가 영업 실적은 곧바로 수당 형식으로 계산되어, 즉석에서 현금으로 받았다. 그레고르가 집에 돌아와서 그 돈을 식탁 위에 자랑스럽게 늘어놓으면 가족들은 기뻐서 어쩔 줄 몰라 했다.

그땐 참 좋은 시절이었다. 그 뒤로 죽 그레고르는 계속 그렇게 돈을 벌어서 가족 전체의 생계를 책임질 수 있게 되었으며 실지로도 지금까지 그가 온 가족을 부양하고 있었다. 하지만 처음에 그토록 뿌듯했던 기쁨은, 적어도 그 정도의 기쁨은 두 번 다시 찾아오지 않았다. 어느덧 그레고르가 가족을 부양하는 일이 그레고르 자신에게도 가족들에게도 자연스러운 일이 되었던 것이다. 물론 가족들은 여전히 감사하며 그레고르가 벌어온 돈을 받았고 그 역시 기꺼이 자기가 번 돈을 가족들에게 내놓았지만 처음의 특별한 기쁨은 이미 사라지고 없었다.

아직 누이동생만은 그레고르에게 여전히 가까운 존재였다. 그레고르와는 달리 음악을 무척 좋아하는 동생은 바이올린을 잘 켰다. 그는 동생을 내년에 음악학교에 보내려고 혼자 은밀히 계획하고 있었다. 그러려면 엄청난 비용이 들겠지만 무슨 수를 써서라도 꼭 그 비용을 대겠다고 마음먹고 있었다. 그레고르가 출장에서 돌아와 잠시 집에 머물 때면 동생과 틈틈이 음악학교에 대한 이야기를 나누었다. 그것은 언제나 결코 실현될 수 없는 달콤한 꿈을 이야기하는 것 같은 방식이었으며 부모님은 이런 철없는 대화를 마땅치 않아 하셨다. 하지만 그레고르는 나름대로 이 문제에 대해 아주 깊이 생각하고 있었고 크리스마스이브에 그의 장대한 계획을 발표하리라 마음먹고 있었다.

지금 그의 처지로는 아무짝에도 쓸데없는 그런 상념이 머릿속을 오가는 동안 그는 얼떨결에 머리를 방문에 부딪쳤다. 얼마나 오랫동안 문에 찰싹 붙어 똑바로 선 자세로 밖에서 나는 소리를 엿듣고 있었는지 몰랐다. 그는 허겁지겁 머리를 꼿꼿이 세워 들었다. 옆방에 있는 가족들은 그가 아주 작은 소리라도 내면 곧 알아듣고 모두가 갑자기 입을 다물어버렸던 것이다.

"저 녀석이 또 무슨 짓을 저지른 거야?"

한참 있다가 아버지가 방문 쪽으로 돌아앉으며 이렇게 말하고 나면 중단되었던 이야기가 다시 천천히 이어지곤 했다.

그레고르는 아버지의 설명을 충분히 알아들었다. 아버지가 같은 설명을 여러 번 반복했기 때문이었다. 아버지 자신도 그런 일을 다뤄본 지 이미 오랜 시간이 지났기 때문에 버벅거리느라 그런 것도 있었지만, 무엇보다 어머니와 누이동생이 그렇게 어려운 설명을 한 번에는 절대로 알아들을 수 없었기 때문에 아버지는 같은 설명을 여러 번 반복하지 않을 수 없었던 것이다.

그동안 가족에게 닥쳤던 그 가혹한 불행에도 불구하고 아직도 옛날 재산이, 물론 얼마 안 되는 돈이지만 조금 남아있었다. 그리고 많지는 않다 해도 꽤 오랫동안 건드리지 않고 그대로 놔둔 덕분에 이자도 꽤 붙었다. 게다가 그레고르가 매달 벌어서 가져다 준 돈을 다 써버리지 않고 일부 모아 둔 것이 약간의 자산이 되어 있었다. 그레고르는 정말 그동안 자기가 번 돈을, 자신을 위해서는 겨우 2, 3굴덴 정도밖에는 남기지 않고, 고스란히 집에 갖다 주었던 것이다.

문 뒤에서 그레고르는 생각지도 못했던 아버지의 절약 정신과 신중함에 고개를 끄덕이며 기뻐했다. 여느 때 같으면 그 남은 돈을 아버지가 사장한테 진 빚을 갚는데 썼어야 했다고, 그랬더라면 훨씬 더 빨리 그 지긋지긋한 일에서 벗어날 수 있었을 것이라고 생각했을 것이다. 그렇지만 지금 그는 아버지가 그렇게 해 준 것이 얼마나 고마운지 몰랐다.

하지만 그 돈은, 예를 들어 이자에 의존해서 가족의 생계를 꾸려간다고 생각하면 턱없이 부족한 액수야. 아마 1년쯤, 어쩌면 2년 정도 버티면 다행일 테지. 그러니까 그 돈은 써버리면 안 되는 돈이고, 비상시를 대비해서 따로 챙겨 둬야 할 돈에 불과해.

결국 생활비는 따로 벌어야 한다는 얘긴데, 아버지는 아직 건강하다고는 해도 무엇보다 이미 나이가 너무 많고 지난 5년 동안 아무 일도 하지 않았으니 자신감도 없을 게 분명해. 평생 고생만 하다가 결국 실패를 하고 말았지. 게다가 그 고달픈 인생의 첫 휴식이라 할 수 있는 지난 5년 동안 몸무게가 많이 불어서 동작도 느려지고 둔해졌어.

그렇다고 늙은 어머니가 나가서 돈을 벌어야 하나? 고질적인 천식 때문에 집안에서 움직이는 것만으로도 힘이 부치시는데? 게다가 호흡곤란 때문에 하루걸러 한 번은 창문을 활짝 열고 소파 위에서 숨을 몰아쉬어야만 하는데?

그럼 누이동생이 나가서 돈을 벌어야 하나? 동생은 이제 겨우 열일곱밖에 안 됐는데? 이제까지 저 하고 싶은 대로 다 하면서 자라던 철부지 소녀일뿐인데? 말쑥하게 차려 입고 돌아다니는 걸 좋아하고, 아침 늦게까지 잠을 자고, 해본 일이라곤 가끔 집안일을 거드는 정도밖엔 없고, 가끔 재미삼아 소박한 모임에 참여하고, 그리고 무엇보다 바이올린을 켜는 아인데?

어떻게든 돈을 벌어야 한다는 이야기가 시작될 때마다 그레고르는 허겁지겁 방문에서 떨어져 방문 옆에 있는 차가운 가죽 소파에 몸을 던졌다. 말할 수 없는 수치심과 비통함으로 온몸이 뜨겁게 불타올랐다.

잠 못 이루는 긴긴 가을밤을 그는 거의 그 소파 위에서 지냈다. 밤새 한숨도 자지 못할 때도 있었다. 그럴 때면 그는 차가운 가죽을 몇 시간이고 긁어댔다.

어떤 때는 거의 공사를 하는 수준의 어마어마한 노력을 기울여 의자를 창문 앞으로 밀어다 놓기도 했다. 그리고 창틀로 기어 올라가 의자를 딛고 창문에 기대어 바깥을 내다보았다. 하지만 그마저도 예전처럼 가슴이 탁 트이는 시원한 해방감을 느껴서 그러는 것은 아니었고 단지 그런 기분을 회상하고 있을 뿐이었다.

왜냐하면 그의 눈은 매일매일 조금씩 나빠져서 이제는 꽤 가까이에 있는 것조차 잘 보이지 않았기 때문이다. 심지어 창문 바로 앞에 버티고 서 있는 병원의 끝없이 긴 담벼락조차 보이지 않았다. 전에는 문만 열면 가로막고 있던 그 병원 건물 때문에 정말 지긋지긋했었는데 이젠 아예 보이지도 않게 된 것이다.

조용하다고는 해도 도시 한가운데 위치해 있는 샬로텐 거리에 자기가 살고 있다는 것을 몰랐다면, 그는 잿빛 하늘과 잿빛 땅이 분간조차 할 수 없게 뒤섞여 있는 거대한 모래 사막이 창문 앞에 펼쳐져 있다고 생각했을지도 모를 일이었다. 관찰력이 뛰어난 그의 누이동생은 의자가 창문가로 옮겨진 것을 딱 두 번 본 다음부터는 방을 청소한 다음에 꼭 의자를 창문가로 다시 밀어놓았고 게다가 창틀 안쪽의 창문은 아예 열어 두었다.

만약 누이동생과 이야기를 나눌 수 있었다면, 그래서 누이동생이 자신을 위해서 해주고 있는 모든 일들에 대해 고맙다고 말할 수만 있었다면, 누이의 성실하고 부지런한 봉사를 받는 것이 그레고르에게 이처럼 힘들지는 않았을지 몰랐다. 하지만 그것은 불가능한 일이었기 때문에 그는 늘 깊은 고통을 느꼈다.

누이동생은 물론 그레고르를 위해 하는 일이 전혀 힘들지 않은 척하려고 애썼고 시간이 지날수록 점점 더 잘 해낼 수 있게 되었다. 하지만 그레고르 역시 시간이 흐를수록 모든 상황을 훨씬 더 정확하게 꿰뚫어 볼 수 있게 되었다. 이제는 누이동생이 방안에 들어오는 것 자체가 그에게는 공포가 되었고 몹시 불편한 지경에까지 이르렀다.

처음 얼마 동안, 누이동생은 그의 방에 들어가면 언제나 방문을 재빨리 닫아, 누군가 그레고르의 방 안을 들여다보지 않도록 무척 조심했다. 그런데 이제는 방문 닫는 시간도 아깝다는 듯 곧바로 창문 쪽으로 달려가서 마치 숨이 막혀 곧 죽을 것 같다는 식으로 창문을 활짝 열어젖히고 아무리 추운 날에도 창가에 그대로 서서 심호흡을 했다.

하루에 두 번씩이나 누이동생은 방에 들어와서 이런 식으로 뒴박질을 하는 것으로 그레고르를 기겁하게 했다. 그럴 때마다 그레고르는 소파 밑으로 기어들어가서 공포에 떨었다. 물론 그는 그녀가 일부러 그러는 것이 아니라는 것 정도는 잘 알고 있었다.

창문이 닫힌 상태에서 그와 함께 같은 방에 있는 것이 그토록 힘들지만 않았다면 누이동생은 절대로 이런 식으로 그를 괴롭히지는 않았을 것이었다.

그레고르가 변신한지 벌써 한 달쯤 지난 어느 날이었다. 이제는 누이동생도 그레고르의 모습을 보고 새삼스럽게 깜짝 놀랄 일도 없었다. 그날 누이동생은 평소보다 조금 일찍 방에 들어왔다. 마침 그는 의자 위에서 뻣뻣하게 선 채로 창밖을 내다보고 있었다. 동생이 움찔 놀라는 것이 느껴졌다. 물론 그가 창가에 서 있었기 때문에 동생이 평소처럼 곧바로 달려와 창문을 열 수 없다는 것을 그는 알았다. 그래서 동생이 방 안으로 들어오지 않는 것도 그는 이해할 수 있었다. 하지만 동생은 방으로 들어오지 않았을 뿐만 아니라 펄쩍 뛰어 뒤로 물러서기까지 했으며 곧바로 방문을 닫고 가버렸다.

누가 봤다면 그가 문 앞에 숨어서 동생을 기다리고 있다가 물어뜯으려고 한 줄 알았을 것이다. 그레고르는 곧 소파 밑으로 몸을 숨겼다. 하지만 동생은 그로부터 반나절이 지나서야 다시 나타났다. 게다가 다시 들어온 동생은 평소보다 훨씬 불안해 보였다. 그제야 그레고르는 깨달았다. 동생에게는 아직도 그의 모습을 보는 것이 끔찍한 일이고, 그렇다면 앞으로도 역시 견디기 힘든 일일 것이라는 사실을. 그렇다면 소파 밑으로 삐져나온 그의 몸 일부분이라도 눈에 띈 순간 동생은 늘 도망가고 싶은 충동을 억제하느라 자기 자신과 사투를 벌여야만 했을 것이었다.

그래서 그는 꼬박 4시간 동안 애쓴 끝에 침대 시트를 등에 지고 끌어와서 소파 위에 덮었다. 이제 그가 소파 밑으로 기어 들어가면 그의 모습은 완전히 가려져서 누이동생이 몸을 구부려도 보이지 않을 것이다. 만약 그것이 자기의 오해일 뿐이고, 누이동생이 이 침대 시트가 불필요하다고 생각한다면 그냥 벗기기만 하면 될 것이다. 그레고르가 그렇게 완전히 자신을 외부로부터 차단하고 숨어있는 것이 그저 장난삼아 한 짓이 아니라는 것은 누가 봐도 명백한 일이니까.

하지만 누이동생은 침대 시트를 치우지 않았다. 그는 누이동생이 어떻게 생각하는지 궁금해서 침대 시트를 머리로 살짝 밀어 올리고 엿보았다. 누이동생의 얼굴에는 감사하는 마음과 이제 안심이라는 듯한 표정이 떠올라 있었다.

처음 2주 동안 그레고르의 부모는 그의 방에 들어올 엄두를 내지 못했다. 가끔 부모님이 누이동생에게 고마워하며 칭찬하는 소리가 들렸다. 전에는 동생을 별 쓸모도 없고, 단지 부모를 성가시게만 하는 계집애라고 투덜투덜 잔소리하던 부모님으로서는 정말 큰 변화였다. 그리고 이제는 동생이 그레고르의 방을 청소하는 동안 부모님은 나란히 문밖에서 기다리고 있다가 동생이 청소를 마치고 나오면 꼬치꼬치 캐물었다. 방 안은 지금 어떤 상태냐, 그가 무엇을 먹었느냐, 그가 어떤 행동을 했느냐, 사소한 회복의 징조라도 있느냐, 매일 똑같은 질문, 똑같은 대답이 반복되었다.

어머니는 어쨌든 하루 빨리 그레고르의 방에 들어가서 그를 만나려고 했다. 하지만 아버지와 누이동생은 온갖 구실을 붙여서 어머니를 말렸다.

그레고르는 아버지와 동생이 어머니를 설득하는 것을 한 마디 한 마디 주의 깊게 들으면서 모두 일리 있는 말이라고 생각했다. 하지만 날이 갈수록 아들을 만나야겠다는 어머니의 바람은 커져만 갔고 결국 힘으로 말리지 않으면 안 될 정도가 되었다.

"그레고르한테 가게 해줘요. 불쌍한 내 아들! 어쨌든 그 앤 내 자식이잖아요! 무슨 일이 있어도 난 그 애한테 가 봐야겠어요. 이대로 그냥 버려둘 순 없어요."

어머니가 간절하게 외쳤다. 그 말을 듣고 그레고르는 어머니가 와주시면 정말 좋겠다고 생각했다.

물론 매일까지는 바라지도 않아. 일주일에 한 번만이라도 어머니가 와주시면 정말 좋겠어. 누가 뭐래도 어머니는 누이동생보다 모든 면에서 훨씬 뛰어나니까. 나한테 뭐가 필요한지, 내 기분이 어떤지 훨씬 잘 알아줄 거야. 물론 누이동생 덕분에 지금까지 잘 견디고 있지만 동생은 아직 어리고, 어차피 그 애가 이런 중대한 임무를 떠맡게 된 것은 진짜 용기라기보다는 일시적인 영웅심 같은 기분에서라고 할 수 있으니까.

어머니를 만나고 싶다는 그레고르의 바람은 곧 이루어졌다. 부모님을 생각해서라도 그레고르는 낮 동안에 창문을 통해 자신의 모습이 드러나지 않도록 조심했다. 하지만 기어 다니는 것도 넓지 않은 그의 방에서는 한계가 있었고, 밤새도록 가만히 누워있는 것도 지긋지긋한 일이었다. 식사시간도 이제는 전혀 즐겁지 않았다. 그래서 그는 스스로 즐길만한 일을 찾다가 벽과 천장을 기어 다니는 버릇이 생겼다. 특히 천장에 매달려 있는 것이 마음에 들었다. 분명히 바닥에 누워있는 것과는 기분이 아주 달랐다. 우선 숨쉬기가 훨씬 편했고 온몸으로 퍼지는 가벼운 진통은 행복하기까지 했다. 한 번은 천장에 매달려서 이런 편안함과 행복감에 젖은 채 방심하고 있다가 방바닥에 철퍼덕하고 떨어졌는데, 물론 이제는 예전보다 몸을 훨씬 능숙하게 가눌 수 있게 되었다고는 해도 그렇게 높은 곳에서 뚝 떨어졌는데도 조금도 다치지 않은 것을 보고 그는 깜짝 놀랐다.

누이동생은 곧 그레고르의 새로운 취미를 알아차렸다. 그가 기어 다닌 곳에는 발에서 나온 끈끈한 점액이 조금씩 남아 있었던 것이다. 동생은 서랍장과 책상을 포함한 모든 가구들을 치워야겠다고 생각했다.

물론 그것은 누이동생 혼자 힘으로는 도저히 해결할 수 있는 일이 아니었다. 그렇다고 감히 아버지한테 도와달라고 요청하기는 좀 꺼림칙했다. 새로 온 16살짜리 가정부 역시 도와주지 않을 게 뻔했다. 먼저 가정부가 나간 뒤에 온 이 어린 소녀는 지금까지는 제법 용감하게 일을 잘 해왔지만, 늘 부엌문을 잠그고 있다가 시킬 일이 있어서 부를 때만 문을 열었기 때문이다. 그래서 누이동생은 아버지가 안 계실 때 어머니에게 도움을 요청할 수밖에 없었다.

어머니는 누이동생이 부르는 소리를 듣고 신바람이 나서 달려오긴 했지만 그레고르의 방문턱까지 와서는 금방 조용해졌다. 누이동생이 먼저 들어와 방 안을 둘러보고 어머니를 들어오게 했다. 그레고르는 얼른 침대보를 아래로 더 잡아당겨 주름이 많이 잡히게 만들었다. 덕분에 침대 시트는 누가 봐도 소파 위에 우연히 던져진 것처럼 보이게 되었다. 그리고 그레고르는 침대 시트 밑으로 상황을 엿보는 일조차 하지 않았다. 지금 당장 어머니를 보고 싶었지만 꾹 참았다. 그저 어머니가 와주었다는 것만으로 충분히 기뻤다.

"엄마, 들어와. 오빠는 숨어 있어."

누이동생이 말했다. 아마도 어머니의 손을 잡아 방 안으로 끌고 있는 모양이었다.

조금 지나자 두 모녀가 그레고르의 방 안에 있던 무거운 고물딱지 서랍장을 끌어 옮기려고 애쓰는 소리가 들렸다. 하지만 그것은 연약한 두 여자가 들기에는 너무 무거운 것이라고 그레고르는 생각했다.

서랍장을 미느라 끙끙대는 소리가 들렸다. 너무 무리하지 말라고 어머니가 두 번 세 번 경고하는 것으로 보아 아마 누이동생은 있는 힘을 다해서 혼자서라도 서랍장을 옮기려고 기를 쓰고 있는 모양이었다. 꽤 오래 그런 식으로 지지부진하게 시간이 흘렀다. 15분쯤 지났을까, 어머니가 손을 놓고 말했다.

"서랍장은 그냥 원래 있던 자리에 두는 게 낫지 않겠니? 일단 너무 무거워서 도저히 아버지가 돌아오기 전에 우리 둘이 옮길 수 없을 것 같고, 이렇게 옮기다가 방 한가운데에 두면 그레고르가 움직이는 데 오히려 방해가 될 거야. 그리고 또 가구를 밖으로 내놓는 게 그레고르에게 좋은 일인지도 확실하지 않잖니?"

어머니는 딸이 아무 대답도 하지 않자 말을 이었다.

"내 생각엔 오히려 그 반대가 아닐까 싶어. 세간도 없는 텅 빈 벽을 바라보면 얼마나 황량한 기분이 들겠니? 그레고르라고 그렇지 않을까? 게다가 그 애는 이 방의 세간에 아주 정이 들었을 텐데, 갑자기 다 내가고 휑한 방 안에 혼자 남겨지면 혹시라도 버림받은 것 같은 느낌이 들지 않을까? 게다가 그렇게 하면……"

어머니는 갑자기 목소리를 낮추었다. 그레고르가 정확히 어디쯤에 있는지도 모르면서 그레고르가 들으면 안 된다는 듯이, 하지만 말하는 것으로 보아서는 그레고르가 자기 말을 알아듣지 못할 거라고 단정하고 있는 것이 분명한 태도로 동생에게 속삭였다.

"가구를 다 치워버리면 그 애가 회복할 거라는 희망을 우리가 완전히 포기한 것처럼 보이지 않을까? 그 애가 앞으로 어떻게 되든 상관없다고 팽개쳐버리는 것처럼 느껴지지 않겠냐고? 내 생각에는 방을 원래 있던 대로 놔두는 게 좋겠어. 그래야 마침내 그레고르가 다시 우리에게 돌아왔을 때 그동안 있었던 일을 훨씬 더 쉽게 잊을 수 있지 않을까 싶어."

어머니의 말을 듣고 있는 동안 그레고르는 자신이 지난 두 달간 사람다운 대화라곤 전혀 없이 가족들의 보호를 받으며 지극히 단조롭게 살아왔으며 그 결과 자기 머리가 혼돈을 겪고 있다는 것을 깨달았다. 그렇지 않고서야 자신이 무슨 이유로 방이 완전히 비워졌으면 좋겠다고 간절히 원했는지 설명할 길이 없었다.

나는 정말로 조상 대대로 물려받은 가구로 채워진 내 아늑한 방을 아무것도 없는 휑한 동굴로 바꿔버리고 싶었던 걸까? 물론 그렇게 되면 어느 방향으로든 방해받지 않고 기어 다닐 수 있게 되겠지만 인간이었던 시절을 빠르게 잊게 만들기도 할 거야.

지금도 사실 난 내가 인간이었다는 것을 거의 잊어가고 있었던 것이 아닐까? 그러다가 오랜만에 어머니의 목소리를 듣고 간신히 제정신이 든 게 아닐까?

아니야, 아무 것도 치우면 안 돼. 무심히 기어 다니는데 가구들이 방해가 된다면 그건 방해가 아니라 오히려 나에게 꼭 필요한 일이야. 이 가구들이 나에게 끊임없이 내가 인간이었다는 걸 깨우쳐줄 테니까.

유감스럽게도 누이동생은 어머니의 의견에 동의하지 않았다. 동생은 어느새 부모님 앞에서 그레고르에 대해서만큼은 거의 전문가처럼 행세하는 버릇이 들어 있었고, 그건 사실 충분한 이유가 있는 것이기도 했다. 이제 어머니의 주장은 오히려 동생의 고집을 강화하는 꼴이 되었다. 처음에 서랍장과 책상만 치우려 했던 누이동생의 생각은, 절대적으로 필요한 소파를 제외한 모든 가구를 다 치우는 것으로 바뀌었다.

누이동생이 그렇게 완강하게 주장하는 것은 사실 유치한 고집 때문만은 아니었고, 고생하면서 터득한 자신감 때문만도 아니었다. 동생은 실지로 그레고르가 기어 돌아다니기 위해서는 충분한 공간이 필요하다는 것과, 그런 의미에서 가구는 그에게 아무런 도움도 되지 않는다는 것을 분명히 알고 있었다. 그리고 아마도 그 또래의 소녀들에게서 흔히 볼 수 있는 맹목적인 상상력도 분명히 작용했을 것이다. 그런 상상력은 어떤 식으로든 채워지기를 요구하기 마련이고, 그 순간 그레테 역시 그런 열렬한 상상력으로 오히려 그레고르의 상황을 더욱 비참하게 만들고 있었다.

그레테는 지금보다 훨씬 더 열심히 오빠를 위해 봉사하겠다는 열정에 사로잡혀 있었다. 텅 빈 벽 위를 그레고르가 제 세상처럼 기어 다니고 있는 방에 감히 들어올 용기를 가진 사람은 그레테 뿐일 테니까.

그래서 누이동생은 어머니의 말을 듣지 않고 고집을 부렸다. 그레고르의 어머니는 벌써 뭔가 무시무시한 분위기로 가득 차 있는 그 방에 있는 것이 불편해지기 시작했다. 그래서 어머니는 곧 입을 다물고 그레테가 하자는 대로 서랍장을 끌어내는 것을 힘껏 도왔다. 그레고르는 서랍장은 어쩔 수 없다 해도 책상은 그 자리에 그대로 두고 싶다고 생각했다.

결국 두 여자는 서랍장을 낑낑거리면서 방밖으로 끌어내는 데 성공했다. 그레고르는 상황을 살펴보려고 소파 밑에서 얼굴을 내밀고, 어떻게 하면 그들을 놀라지 않게 하면서, 최대한 다정하게 그들의 계획에 간섭할 수 있을지 궁리했다. 그러나 불운하게도 방으로 다시 돌아온 사람은 어머니였다. 그레테는 옆방에서 서랍장을 팔로 감싸고 이리저리 흔들면서 움직이려 하고 있었다. 물론 서랍장은 꼼짝도 하지 않았다.

어머니는 그레고르의 모습에 아직 익숙하지 않았다. 만일 그의 모습을 보게 되면 어머니는 병이 날지도 몰랐다. 그레고르는 허둥지둥 뒤로 빠르게 뒷걸음질 쳐서 소파 구석으로 깊이 들어갔다. 그 바람에 침대 시트 앞자락이 살짝 흔들렸다. 어머니는 벌써 눈치를 채고 그리로 눈길을 돌렸다. 어머니는 움찔하며 그 자리에 얼어붙어 있다가 그레테에게로 돌아갔다.

그레고르는 별일 아니라고, 그저 가구 몇 점 옮기는 것뿐이라고 자신을 타일렀다. 하지만 두 여자가 계속 왔다 갔다 하면서 끊임없이 내는 영차 소리와 그들이 서로 부르는 짧은 소리들, 그리고 가구가 바닥에 긁히는 작은 소리들이 마치 사방으로 울려 퍼지는 어마어마한 소음처럼 그의 신경을 건드리고 있다는 것을 인정하지 않을 수가 없었다.

머리와 다리를 몸 쪽으로 바짝 당기고 몸은 바닥에 납작하게 엎드린 채 그는 이 상황을 참아내려고 무진 애를 썼다. 하지만 더 이상 참을 수가 없었다. 그는 결국 우는 소리를 내고야 말았다.

어머니와 동생이 내 방을 텅 비워버리려고 한다. 내 소중한 모든 것을 빼앗아가고 있다. 실톱이랑 그 밖의 다른 연장들이 들어있는 서랍장은 이미 가지고 나가 버렸다. 이제는 저 책상을 가져가려고 한다. 상업 전문 학교에 다니던 시절에, 중학교 때에, 아니 초등학교 때부터 숙제하고 공부하던 저 책상을! 오랜 세월 동안 마치 방바닥에 붙박이처럼 놓여 있던 저 책상을!

그레고르는 이제 더 이상 두 모녀의 선의고 뭐고 생각할 여유가 없었다. 게다가 두 사람의 존재조차 이미 거의 잊고 있었다. 왜냐하면 두 사람은 이제 일하느라고 너무 지친 나머지 아무 말도 하지 않고 있었던 것이다. 그냥 책상을 옮기려고 애쓰면서 마룻바닥을 무겁게 누르는 그들의 발소리만이 들릴 뿐이었다.

두 모녀가 기어이 책상마저 옆방으로 옮기고 나서 그 책상에 기대어 한숨 돌리고 있을 때 그는 소파 밑에서 뛰쳐나왔다. 그는 달리면서 네 번이나 방향을 바꿨다. 하지만 어떤 물건을 먼저 구해야 할지 판단이 서지 않았다.

문득 이미 휑하게 비어버린 벽 위에 걸려있는 풍성한 모피를 입은 여인의 그림이 눈에 들어왔다.

그는 서둘러 그림 위로 기어 올라가서 덮치듯이 액자 유리에 몸을 바짝 붙여 자리를 잡았다. 유리가 그의 몸에 찰싹 달라붙으며 뜨거운 배를 시원하게 해주었다. 이렇게 몸으로 온통 숨겼으니 이 그림은 이제 아무도 가져갈 수 없다고 생각하면서 그는 두 사람이 돌아오는 모습을 보기 위해 고개를 돌려 거실로 향하는 문을 바라보았다.

두 사람은 별로 쉬지도 않고 금방 돌아왔다. 그레테는 어머니를 부축하는 것처럼 팔을 둘러 안고 있었다.

“이번엔 뭘 치울까?”

그레테는 사방을 둘러보다가 벽에 붙어 있는 그레고르와 눈이 딱 마주쳤다. 분명히 놀랐을 텐데도, 아마 어머니가 놀라지 않게 보호하려는 기특한 마음에서 그랬겠지만 그레테는 당황한 티를 내지 않으려고 애쓰면서 어머니가 방안을 둘러보지 못하도록 고개를 숙여 가로막으며 말했다.

"엄마, 잠깐 다시 나가요. 거실에서 조금 더 쉬었다가 일을 시작하는 게 좋겠어."

하지만 목소리가 떨리는 것까지는 어쩌지 못했다.

그레고르는 그레테가 무슨 생각을 하는지 알 것 같았다. 분명히 어머니를 안전한 곳에 모셔다 놓고 와서 그를 벽에서 쫓아내려는 것이었다.

그래, 해 볼 테면 해 봐! 난 이 그림 위에서 꼼짝도 하지 않을 거니까. 그림을 내주느니 차라리 그레테의 얼굴 위로 덤벼들고 말겠어.

그러나 그레테의 말은 어머니를 오히려 불안하게 만들었다. 어머니는 한쪽으로 걸음을 옮기더니 고개를 돌렸다. 그리고 꽃무늬 벽지 위에 있는 거대한 갈색 덩어리를 보았다. 그것이 그레고르라는 것을 미처 깨닫기도 전에 어머니는 날카로운 비명을 지르면서 모든 것을 포기한 것처럼 두 팔을 벌린 채 소파 위에 쓰러져 꼼짝도 하지 않았다.

"오빠!"

그레테는 주먹을 휘두르면서 그레고르를 똑바로 노려보았다. 그가 변신한 이후 그레테가 그에게 직접 건넨 최초의 말이었다. 그레테는 다급하게 옆방으로 뛰어갔다. 어머니에게 먹일 진정제나 뭐 그런 것을 가지러 가는 모양이었다. 그레고르 역시 돕고 싶었다. 사진은 나중에 구해도 된다고 생각했다. 하지만 유리에 철썩 달라붙어 있는 몸은 좀처럼 떨어지지 않았다. 그는 한동안 애를 쓰고 나서야 겨우 몸을 유리에서 떼어내고 얼른 옆방으로 달려갔다.

예전처럼 누이동생에게 조언을 해줄 수 있을 것이라고 생각했지만 막상 그가 할 수 있는 일은 그저 동생의 등 뒤에 우두커니 서있는 것밖에 없었다. 동생은 자그마한 약병들을 뒤적거리며 뭔가를 찾다가 문득 뒤를 돌아보고는 깜짝 놀라서 손에 들고 있던 약병을 떨어뜨렸다. 깨진 조각 하나가 튀어 올라 그레고르의 얼굴에 상처를 냈고, 뭔지 알 수 없는 부식성 약물이 그의 몸에 흘러내렸다.

그레테는 약병들을 손에 들 수 있는 만큼 잔뜩 들고 어머니에게 뛰어가면서 발로 문을 닫아버렸다. 이제 그레고르는 놀라 쓰러진 어머니로부터 격리되었다. 어머니가 자기 때문에 죽을지도 모르는데 그 곁에 갈 수 없다니 말도 안 된다고 생각했지만 문을 열면 안 된다는 것도 알고 있었다. 어머니 곁에는 동생이 있어야 했기 때문이다.

그레고르는 걱정과 자책 속에서 기다리다가 방 안을 이리저리 기어 다니기 시작했다. 벽이며 가구며 천장 위를 닥치는 대로 마구 기어 다녔다. 갑자기 방이 빙글빙글 돌기 시작했다. 그는 깊은 절망감을 느끼며 커다란 테이블 한가운데로 툭 떨어지고 말았다.

시간이 흘렀다. 그레고르는 축 늘어진 채 한동안 엎드려 있었다. 아무런 감각도 느낄 수가 없었다. 사방은 아주 조용했다. 그것은 아마 좋은 징조일 것이라고 그는 생각했다. 그때 초인종이 울렸다. 가정부는 물론 부엌에 틀어박힌 채 문을 잠그고 있었기 때문에 그레테가 문을 열러 나갔다. 아버지였다.

"무슨 일이냐?" 아버지의 첫마디였다.

그레테의 모습을 보고 모든 것을 알아차린 모양이었다. 그레테의 풀죽은 목소리가 들렸다.

"엄마가 기절했어요. 오빠가 뛰쳐나왔거든요. 하지만 지금은 괜찮아요."

"내가 그렇게 될 거라고 말했잖니. 벌써 몇 번이나 주의를 줬건만 도무지 귀담아 듣질 않더니만. 아무튼 여자들은 이래서 탈이라니까." 아버지가 말했다.

그레고르가 듣기에 그레테의 설명은 너무 간단했고, 아버지는 그걸 무턱대고 나쁜 뜻으로 받아들인 것이 틀림없었다. 분명히 아버지는 그레고르가 행패를 부린 것으로 단정해버린 것이다.

그레고르는 이제 아버지를 진정시킬 방법을 찾아야 했다. 설명을 하고 싶었지만 그럴 시간도 가능성도 없다는 것쯤은 그 자신도 잘 알았다. 그래서 그는 자기 방 문 쪽으로 도망쳐 몸을 문에 바짝 붙였다. 이제 아버지가 복도를 지나 거실로 들어오자마자 그레고르가 조금도 지체하지 않고 방으로 들어가려 한다는 것과, 문만 열어주면 뒤에서 몰아댈 필요도 없이 자기가 방 안으로 사라질 것을 알아차리도록 말이다.

하지만 아버지는 그의 그런 섬세한 의도까지 알아차릴 기분이 아니었다.

"어쭈!"

아버지는 거실에 들어서자마자 화가 난다는 것인지, 잘 됐다는 것인지 알 수 없는 소리를 질렀다. 그레고르는 방문에서 머리를 젖히고 아버지를 올려다보았다. 아버지가 그런 모습으로 서 있을 줄은 정말 상상도 하지 못했다. 요즘은 온 방 안을 기어 돌아다니는 새로운 버릇에 재미를 붙여서 집안에서 무슨 일이 일어나고 있는지 전처럼 관심을 기울이지 못했다. 그러니 모든 게 달라졌을지도 모른다는 사실을 예상하고 있어야 했다.

저 사람이 정말 내 아버지야? 내가 긴 출장에서 돌아왔을 때도 그저 침대에 파묻혀 누워 있기만 하던 그 사람과 같은 사람 맞아? 내가 혹시 밤늦게 돌아올 때면 잠옷 가운을 입은 채로 팔걸이의자에 앉아서 일어날 기력도 없다는 듯 그저 두 팔을 들어 올리는 것으로 반가움을 표시하던 바로 그 사람이야? 일 년에 겨우 두어 번 함께 산책을 나가는 일요일이나 공휴일이면 외투로 온몸을 꽁꽁 감싸고 나와 어머니 사이에서 간신히 걷던 그 사람 맞냐고? 아버지의 발걸음을 맞추려고 아무리 천천히 걸어도 늘 두 사람보다 조금 더 천천히 걷던 그 사람, 지팡이를 짚으면서도 그렇게 조심스레 걷던 그 사람, 할 말이 있을 때면 언제나 멈춰서서 앞에 가는 두 사람을 돌아오게 만들던 바로 그 사람 맞아?

아버지는 은행 직원들이 입는 금색 단추가 달린 반듯한 파란색 제복을 입고 꼿꼿이 서있었다. 뻣뻣하고 높은 외투 깃 위로 그의 강인해 보이는 이중 턱이 솟아 있었고, 숱 많고 굵은 눈썹 아래에서는 검은 눈동자가 생기발랄하게 빛나고 있었다. 늘 헝클어져 있던 아버지의 흰 머리칼은 심하다 싶을 정도로 머리에 착 달라붙어 가르마가 타져 있었고 잘 손질되어 있었다.

아버지는 어느 은행 이름일 게 분명한 금색 글자가 새겨진 모자를 벗어 던졌다. 모자는 곡선을 그리며 방을 가로질러 소파 위에 떨어졌다. 아버지는 손을 바지주머니 속에 넣고 긴 제복 외투 자락을 뒤로 젖히며 결연한 표정으로 그레고르를 향해 걸어왔다.

아버지 자신도 그때는 무엇을 어떻게 하겠다고 결정하고 있었던 것은 아니었을 것이다. 하지만 발을 여느 때보다 훨씬 높이 들고 성큼성큼 걸었다. 그레고르는 아버지 장화 밑창의 엄청난 크기에 깜짝 놀랐다. 그대로 가만히 있을 수는 없었다. 그 첫날의 경험대로라면 아버지는 그를 매우 엄하게 대할 것이 틀림없었다. 그래서 그는 아버지 앞에서 도망쳤다. 아버지가 서면 자기도 멈추고 아버지가 움직이면 다시 앞으로 달려갔다.

이렇게 두 사람은 방을 몇 바퀴 돌았다. 전혀 결정적이라 할 만한 상황은 아니었고, 둘 다 아주 천천히 돌았기 때문에 서로 쫓고 쫓기는 절박한 느낌도 별로 없었다.

그레고르는 계속 바닥으로만 도망다녔다. 벽이나 천장으로 올라가면 아버지를 더 자극하게 될지도 모른다고 생각했기 때문이다. 하지만 아무리 노력해도 그는 이런 식으로 방안을 도는 것조차 오래 견딜 수 없다는 것을 인정해야만 했다. 아버지가 한 걸음 걸을 때마다 그는 무수히 많은 발을 놀려야 했기 때문이다.

숨이 차기 시작했다. 어릴 때부터 폐가 그다지 좋지 않던 그였다. 전력을 다해 달리고는 있었지만 몸은 자꾸 비틀거렸고 눈조차 제대로 뜨고 있기 힘들 지경이었다. 이제 뛰는 것 말고는 다른 어떤 것도 생각해 낼 수 없을 만큼 생각의 속도도 느려졌다. 머리는 이제 거의 생각을 멈춘 것 같았다. 벽으로 기어 도망갈 수 있다는 것조차 이제는 거의 생각나지 않았다. 게다가 이 방의 벽은 정교하게 울록볼록 조각되어 있어서 여기저기 뾰족하게 튀어나온 부분이 많다는 것도 그는 이제 거의 잊고 있었다.

그때 그의 옆으로 뭔가 가볍게 날아오더니 그의 앞 방바닥으로 굴러 떨어졌다. 사과였다. 곧바로 다음 번 사과가 날아와 그 옆에 떨어졌다. 그는 깜짝 놀라 얼어붙은 듯 그 자리에 섰다. 아버지가 그를 사과로 때려 맞추기로 결심했다면 더 이상 도망쳐 봤자 소용없는 일이었다.

아버지는 찬장 위 그릇에서 사과를 잔뜩 꺼내 주머니를 채우고 제대로 겨냥도 하지 않고 무작정 사과를 계속 던지고 있었다.

작고 빨간 사과들이 마치 전기 장치로 작동되는 것처럼 마루 위를 굴러다니면서 이리저리 부딪쳤다. 다시 사과 하나가 천천히 날아와서 그레고르의 등을 스치고 지나갔지만 상처는 입지 않았다. 하지만 안도의 한숨을 채 쉬기도 전에 바로 날아온 다음 번 사과는 정확히 그레고르의 등에 날아와 꽂혔다.

그레고르는 이 뜻하지 않은 고통에 신음했다. 이 믿을 수 없을 정도로 극심한 고통에서 도망치고 싶었다. 그는 장소를 옮기기만 하면 고통이 사라질 것처럼 무거운 몸을 질질 끌고 걸어가려 애썼다. 하지만 마치 그 자리에 못 박힌 것처럼 그의 몸은 꼼짝도 하지 않았다. 그의 모든 감각이 일어나 뒤엉키는 것을 느끼며 그는 그대로 쓰러졌다.

방문이 확 열렸다. 그는 희미해져가는 눈을 돌려 그쪽에 집중했다. 속옷 바람으로 달려 나오는 어머니가 보였다. 어머니가 기절했을 때 숨을 편하게 해주려고 동생이 어머니의 겉옷을 벗겼던 것이다.

그 뒤에서 누이동생이 소리를 지르며 못 나가게 매달리고 있었다.

어머니는 아버지를 향해 달렸다!

하지만 급하게 껴입은 치마의 끈이 풀리면서 치마가 조금씩 방바닥으로 흘러내렸고 어머니는 그 흘러내린 치마에 걸려 넘어질듯 비틀거리면서도 아버지에게 달려들어 아버지의 몸에 팔을 두르고 찰싹 달라붙었다.

그때 이미 그레고르의 눈은 아무것도 볼 수 없게 되었다.

어머니는 두 손을 아버지의 목에 감고 그레고르를 살려달라며 애원했다.

3

이 처참한 상처는 한 달 이상이나 그레고르를 괴롭혔다. 하지만 가족 누구도 감히 그의 살에 박힌 사과를 빼낼 엄두를 내지 못했기 때문에 사과는 이 사건을 기억시키는 뚜렷한 기념처럼 그의 살 속에 박힌 채 남아 있었다. 그의 몸 상태는 아주 심각해서 아버지조차, 지금 그레고르의 모습이 끔찍스럽고 흉측하긴 하지만, 그 역시 가족의 일원이며, 가족인 그를 원수처럼 취급해서는 안 된다는 것을 깨닫게 했다. 그래서 아버지는 그에 대한 거부감을 누르고 꾹 참아내는 것만이 가족으로서의 의무라고까지 생각하게 되었다.

아무튼 그 심각한 상처 때문에 그레고르는 마치 늙은 상이군인처럼 약해져서 방을 가로질러 기어가는 데도 아주 긴 시간이 걸렸다. 이제 벽이나 천장 위를 기어 다닌다는 것은 상상도 할 수 없는 일이 되었다. 어쩌면 앞으로도 영원히 그럴지 몰랐다.

덕분에 좋은 일도 있었다. 그 날 이후로는 매일 저녁 거실 쪽으로 나 있는 그의 방문이 열려 있게 된 것이다. 그것은 그가 입은 상처를 보상하고도 남는 대가라고 그는 생각했다. 그는 문이 열리기 한두 시간 전부터 문을 뚫어지게 쏘아보고 있다가 이윽고 문이 열리면 거실 쪽에서는 보이지 않는 어두운 구석에 드러누운 채 환하게 불 밝힌 식탁에 가족들이 둘러앉아서 대화를 나누는 모습을 지켜보았다. 예전과 달리 이제 그는 가족들의 허락을 받고 그들의 이야기를 들을 수 있게 된 것이다.

그렇다고는 해도 가족들은 더 이상 예전처럼 단란하고 활발한 모습은 아니었다. 예전에 그레고르가 긴 출장여행을 다니는 동안, 일을 끝내고 지친 몸으로 어느 작은 호텔방의 축축한 침대에 누워서 그리워하던 그런 단란함은 더 이상 보이지 않았다.

이제 저녁 시간은 무척 조용하게 흘러가고 있었다. 저녁식사가 끝나면 아버지는 바로 의자에 누운 채 잠들어버렸다. 그러면 어머니와 동생은 서로에게 조용히 하라고 주의를 주었다. 어머니는 등불 아래로 몸을 바짝 숙이고 옷가게에서 일감으로 가지고 온 고급 내의를 바느질하고 있었고, 최근에 판매원 자리를 얻어 취직한 동생은 저녁 내내 속기와 프랑스어를 공부했다. 아마 나중에 좀 더 좋은 자리로 옮겨가기 위해 준비하고 있는 모양이었다. 가끔 아버지는 눈을 뜨고, 자기가 이제껏 자고 있었다는 사실을 전혀 모르는 것처럼 어머니에게 말하곤 했다.

"바느질을 참 열심히도 하는구려!"

그렇게 말하고는 곧바로 다시 잠들어버리는 아버지를 보고 어머니와 동생은 피곤에 지친 얼굴로 서로를 바라보며 미소를 주고받는 것이었다.

왜 그러는 모르겠지만 그레고르의 아버지는 집에 와서도 도무지 제복을 벗지 않겠다고 고집을 부렸다. 그 바람에 잠옷은 언제나 옷걸이에 걸린 채 있었는데 아버지는 제복을 그대로 갖춰 입고 마치 언제라도 일하러 나갈 준비가 되어 있다는 것처럼, 집에서도 상사의 명령을 기다리고 있다는 것처럼 잠도 의자 위에서

갔다. 그래서 제복은 물론 처음부터 새것도 아니었지만 아버지의 이런 버릇 때문에 어머니와 동생이 아무리 잘 관리를 해도 늘 말쑥하지 못했다.

그레고르는 가끔 여기저기 얼룩이 묻어 있지만 금색 단추만은 언제나 반짝반짝 잘 닦여 있는 아버지의 그 외투를 바라보면서 밤을 새기도 했다. 그 제복을 차려 입고 있는 아버지는 늘 매우 불편해 보이는 자세로 곤히 잠들어 있었다.

밤 10시가 되면 그레고르의 어머니는 부드럽게 아버지를 깨워 침대에 가서 자라고 설득했다. 의자에서는 도저히 편하게 잘 수 없으며, 아침 6시에 일어나 일을 나가는 아버지에게는 정말로 편안하게 충분히 자는 것이 필요하다고 말했다. 하지만 아버지는 일을 다시 시작한 다음부터 고집이 더 세진 것 같았다. 의자 위에서 계속 졸고 있으면서도 늘 아직 안 잔다고, 좀 더 있다 자겠다고 우기곤 했다. 그러고는 또 다시 금방 잠들어버리면서도 말이다. 그렇게 되면 아버지를 침대로 가도록 설득하는 일은 이만저만 어려운 일이 아니게 되었다. 어머니와 동생이 아무리 잔소리를 하고 협박을 하며 성가시게 굴어도 아버지는 눈을 감은 채 머리를 천천히 가로저으며 의자에서 일어나기를 거부했다. 그것이 적어도 15분은 걸렸다.

어머니가 아버지의 소매를 잡아당기며 애정 어린 말을 그의 귀에 속삭이고, 동생은 하던 일을 멈추고 어머니를 돕지만 아버지는 그저 의자 깊숙이 몸을 묻고 잠을 잘 뿐이었다. 마침내 두 모녀가 양쪽에서 겨드랑이 밑으로 손을 넣어 들어 올리려고 할 때에야 아버지는 비로소 눈을 번쩍 뜨고 어머니와 누이동생을 한 명씩 번갈아 쳐다보며 말했다.

“아이고, 내 팔자야, 다 늙어서 잠도 내 마음대로 못 잔단 말이야!”

그렇게 아버지는 두 모녀의 부축을 받으며 마치 자기 몸이 스스로도 굉장히 무겁다는 듯이 억지로 몸을 일으켜서 가까스로 방문 앞에 이르러서는 두 모녀를 뿌리치고 혼자서 방으로 들어갔다. 그렇지만 어머니와 동생은 여전히 못 미더워서 언제라도 아버지를 도우러 달려갈 수 있도록 각각 바늘과 펜을 던져놓고 아버지가 마침내 침대에 누울 때까지 지켜보고 있었다.

이렇게 가족들은 하나같이 과로와 피곤에 찌들어 갔다. 그러니 누가 꼭 필요한 일 말고는 그레고르에게 신경을 써 줄 수가 있었을까? 살림은 점점 더 쪼그라들었고, 결국 가정부도 내보낼 수밖에 없는 처지가 되었다. 덩치 크고 뼈대가 굵은 백발의 파출부가 매일 아침저녁에 와서 힘든 일만 처리했다. 나머지 일은 모두 엄청난 양의 바느질일을 하는 틈틈이 어머니가 짬을 내어 꾸려나가야만 했다.

더구나 어머니나 누이동생이 무슨 모임이나 축하할 일이 있을 때 즐겨 달던, 조상 대대로 물려받은 갖가지 장신구들도 거의 다 팔아버린 모양이었다. 그레고르는 저녁에 가족들이 어떤 장신구를 얼마에 팔아야 할지 의논하거나 어떤 보석을 얼마를 받고 팔았다는 소리를 듣고 그런 사실을 알게 되었다.

하지만 지금 가족들을 가장 어렵게 하고 있는 문제는 현재 상황에서는 이 큰집을 유지하기가 어려운데도 집을 팔고 이사를 갈 수 없다는 점인 것 같았다. 가족들은 그레고르를 어떻게 옮겨야할지 엄두가 나지 않는다고 서로 말하고 있었지만 그레고르의 생각은 달랐다. 그의 생각에 이사를 하기 어려운 것은 단지 자기 때문이 아니었다. 사실 그것은 마음만 먹으면 꽤 간단한 일이었다. 적당한 상자에 공기구멍만 몇 개 뚫어서 그 속에 넣고 옮기면 될 일 아닌가! 가족이 이사에 대한 결정을 단호하게 내리지 못하는 것은 오히려 그들이 겪고 있는 완전한 절망감 때문이고, 그들이 알고 있는 모든 사람, 그들과 관계가 있는 어느 누구도 겪은 적이 없는 지독한 불행을 당하고 있다는 생각에 사로잡혀 있기 때문이라고 그레고르는 생각했다.

가난한 사람들에게 이 세상이 요구하는 의무를 가족들은 이미 충분하고도 넘칠 만큼 다하고 있다. 아버지는 요즘 들어 은행원들에게 도시락을 배달하는 일까지 떠맡았고, 어머니는 전혀 알지도 못하는 사람들을 위해서 속옷을 바느질하고 있으며, 누이동생은 거만한 손님들이 턱짓으로 지시하는 대로 매장 안을 이리저리 뛰어다녀야 한다. 그들에게 더 이상 무엇을 요구할 수 있을 것인가!

어머니와 누이동생은 아버지를 가까스로 침대에 누이고 식탁으로 되돌아와 일거리를 옆에 놓아둔 채 서로 볼을 맞대다시피 가까이 붙어 앉았다. 그런 모습을 볼 때마다 그레고르는 등에 난 상처에서 처음 부상을 당했을 때만큼이나 새삼스럽게 어마어마한 고통을 느꼈다.

어머니가 그레고르의 방을 가리키며 말했다.

"그레테, 이제 그만 문을 닫아."

그레고르는 다시 혼자 어둠 속에 남겨졌다. 하지만 두 사람은 의자에 나란히 앉아서 누구의 눈물인지도 알 수 없는 눈물을 서로의 뺨에 뒤섞어 흘리고 있거나, 아니면 이미 눈물도 다해서 바싹 말라붙은 눈으로 멍하니 식탁을 쳐다보고 있을 것을 그는 알고 있었다.

밤이고 낮이고 그레고르는 거의 잠을 잘 수 없었다. 가끔은 열린 방문으로 가족들을 바라보면서 예전처럼 혼자 힘으로 가족을 부양해야겠다는 생각이 들었다. 그럴 때면 사장이며 지배인, 동료 사원들이나 젊은 견습생들 얼굴이 오랜만에 머릿속에 떠올랐고, 무척이나 멍청하던 문지기며, 다른 회사에 다니는 두세

명의 친구들, 지방 호텔의 방청소하는 아가씨, 한때의 덧없는 추억들이 나타났다 사라지기를 반복했다. 그리고 그가 진지하게 청혼하려고 했지만 너무 뜸을 들이다가 때가 늦어버렸던 모자가게의 점원아가씨의 모습이 낯선 사람들과 이미 오래 전에 잊어버렸던 사람들과 뒤섞여서 차례차례 그의 눈앞에 떠올랐다. 하지만 그들은 상상 속에서조차 그와 그의 가족을 도와주기는커녕, 하나같이 매정하기 짝이 없어서 말을 붙여볼 수도 없었다. 그래서 그는 머릿속에서 그 모습들이 사라져버려야 오히려 마음이 편해졌다.

또 어떤 때는 가족을 부양해야겠다는 마음은 어느 틈에 싹 사라져버리고 오로지 가족들이 자신에게 관심을 전혀 보이지 않고, 제대로 보살펴 주지 않는 것에 대한 분노로 가득 차 속을 끓이기도 했다.

특별히 먹고 싶은 것이 있는 것도 아니었고, 배가 고픈 것도 아니었지만 그레고르는 식품저장실에 몰래 들어가서 자기한테 맞는 음식들을 가져올 계획을 세웠다. 그레테는 이제 더 이상 그레고르가 무슨 음식을 좋아하는지 따위는 생각할 겨를도, 관심도 없었다.

아침에 한 번, 낮에 밥 먹으러 들어와서 가게에 나가기 전에 한 번, 그저 아무 거나 되는 대로 발로 급하게 밀어 넣고 가게에 나가기 바빴고, 저녁때 돌아와서도 그가 조금이라도 먹었는지, 전혀 손도 대지 않았는지 따위는 정말 신경도 쓰지 않고 빗자루로 싹싹 쓸어서 치워버리는 것이었다. 그러니 그가 요즘은 음식을 거의 안 먹고 있다는 것을 알 리가 없었다.

요즘은 청소도 늘 밤에 해주는데, 세상에 그토록 빨리 끝나는 청소는 없다 싶을 정도로 그레테는 후다닥 끝내버렸다. 먼지 얼룩이 벽에 띠를 이루었고 바닥에는 여기저기 먼지와 오물이 엉겨붙어 있었다.

처음 얼마 동안 그레고르는 그레테가 청소하러 들어오면 가장 더러운 곳에 딱 버티고 서서 잔소리를 대신했다. 보고 좀 창피하게 느끼라는 뜻이었지만 1주일이 지나도록 동생은 그저 빤히 쳐다보기만 할 뿐 절대로 치우지 않았다. 그냥 내버려두기로 작정을 했다면 어쩔 수 없는 일이라고 생각하며 그레고르는 그만 포기하고 말았다. 그런데다가 누이동생은 예전과는 달리 상당히 짜증스러운 표정을 지었다. 그레고르의 방 청소를 도맡아 하는 것이 이제는 지긋지긋해졌던 것이다. 사실은 동생뿐만 아니라 가족들 모두가 이제는 대체로 늘 그런 표정을 짓고 있었다.

언젠가 딱 한 번, 어머니가 그레고르의 방을 대청소한 적이 있었다. 몇 번이나 양동이에 물을 퍼 와서 아주 깔끔하게 청소했다. 하지만 방바닥이 온통 물바다가 된 것 때문에 그레고르는 몹시 화가 나고 불쾌해져서 소파 위에 딱 버티고 앉아서 꼼짝도 하지 않았다.

하지만 어머니가 받은 질책은 그것으로 끝나지 않았다. 저녁때 집에 돌아온 누이동생은 그레고르의 방이 달라진 것을 보고 굉장한 모욕감을 느꼈다. 그레테는 화가 머리끝까지 치밀어 거실로 뛰어갔다. 어머니는 잘못했다는 표시로 말없이 두 손을 높이 쳐들었지만 동생은 갑자기 격렬하게 울기 시작했다.

아버지도 깜짝 놀라서 의자에서 벌떡 일어났고 어머니는 처음에는 그저 놀라고 어리둥절해서 멍하니 바라보고만 있다가 마침내 어쩔 줄 몰라 초조하게 두 손을 모았다. 마침내 어머니의 오른쪽에 서 있던 아버지가 그레고르의 방 청소는 그레테가 맡아 하고 있는

데 쓸데없이 참견한 꼴이 되었다며 비난했다. 어머니의 왼쪽에 있던 그레테는 그 말을 기다렸다는 듯 다시는 그레고르의 방을 청소하지 않겠다고 외쳤다.

흥분해서 앞뒤 분간 못하는 아버지를 어머니는 침실로 끌고 갔다. 온몸을 파르르 떨며 울고 있던 누이동생은 작은 주먹으로 식탁을 탕탕 내리쳤다. 그레고르는, 이런 난장판을 자기가 보지 않도록 아무도 방문을 닫아주지 않았다는 것에, 자기 마음을 아무도 신경써주지 않은 것에 화가 나서 큰소리로 씩씩거렸다.

누이동생은 이제 낮에 일을 다니고 있었기 때문에 그레고르를 돌보는 일이 예전보다 훨씬 힘들게 느껴지는 것은 이해할 만한 일이었다. 그렇다고 해도 어머니가 그 일을 대신 떠맡을 이유는 없었고, 그레고르 역시 내팽개쳐질 일은 없었다. 왜냐하면 파출부가 있었으니까. 이 다부지고 건장하고 나이 든 과부는 오랜 세월 온갖 힘겨운 일을 겪으며 거칠게 살아서 그런지 그레고르를 보고도 별다른 혐오감을 보이지 않았다.

어느 날 그녀는 우연히 그레고르의 방문을 열었다가 그레고르와 딱 마주치게 되었다. 그레고르는 뜻밖의 습격에 깜짝 놀라 그녀가 쫓아오는 것도 아닌데 혼자 이리저리 우왕좌왕 도망치기 시작했다. 그녀는 그저 신기하다는 표정으로 팔짱을 끼고 그 자리에 그대로 서서 지켜보기만 했다.

그날부터 그녀는 매일 아침저녁으로 그의 방문을 재빨리 살짝 열고 안을 들여다보았다. 심지어 그를 가까이 오게 하려고 다정한 목소리로 부르기까지 했다.

"말똥구리야, 이리 온!" 또는

"우리 말똥구리 여기 있었구나!"

물론 그레고르는 그런 식으로 그녀가 아무리 말을 걸어도 절대 대꾸하지 않았다. 마치 방문이 열렸다는 것을 알지도 못하는 것처럼 꼼짝 않고 가만히 있었다. 오히려 그는, 이 파출부가 일도 없이 장난삼아 자기를 들여다보기만 할 게 아니라 방 청소나 매일 깨끗이 해주면 얼마나 좋을까 하고 생각했을 정도였다.

겨울 끝 무렵의 어느 이른 아침이었다. 봄을 알리는 비가 세차게 유리창을 때리고 있었다. 그녀는 또 다시 그를 부르며 희롱했다. 그레고르는 어찌나 화가 나던지 그녀를 향해 위협적으로 움직이기 시작했다.

여차하면 덤벼들 생각이었지만 사실은 아주 느릿느릿 걸어가고 있을 뿐이었다. 이미 몸이 약해질 대로 약해져 있었던 것이다. 그녀는 겁을 내기는커녕 태연하게 문 가까이에 있던 의자를 번쩍 들더니 올 테면 오라는 듯 버티고 섰다. 그녀가 무슨 생각을 하는지는 명백했다. 의자를 높이 쳐들고 있다가 그레고르가 가까이 오면 등을 내리칠 작정이었던 것이다.

"더 가까이 오지 그래?"

그녀는 그레고르가 방향을 바꾸는 것을 보고 말했다. 그리고 다시 의자를 방구석에 내려놓았다.

그레고르는 이제 거의 아무 것도 먹지 않았다. 차려놓은 음식 앞을 지나칠 때 그저 장난삼아 조금 입에 넣고 1시간 정도 오물거리다가 대부분 다시 뱉어버렸다. 처음에 그는 자기가 음식을 먹을 수 없는 이유는 너무나도 더러운 방 때문이라고 생각했다. 하지만 이제는 날이 갈수록 더러워지는 방의 상태에 완전히 익숙해져 있었으니 아마 그 때문은 아닌 것 같았다.

가족들은 언제부터인가 다른 방에 놓을 수 없는 물건들을 하나 둘씩 그의 방에 가져다두기 시작했는데 어느새 그것은 버릇이 되어버렸고 그래서 이제 그의 방에는 그런 물건들이 잔뜩 쌓여 있었다. 방 하나를 3명의 남자에게 세 주고 있었기 때문에 어쩔 수 없긴 했다. 어느 날 그레고르는 문틈으로 그들을 엿보았다. 세 사람 모두 근사한 턱수염을 길게 기르고 있었다.

그런데 이 신사들은 거의 신경질적이라고 해도 좋을 정도로 집안의 청소 상태에 대해서 잔소리를 늘어놓았다. 일단 이 집에 하숙을 든 이상, 그들의 방 말고도 이 집안 전체, 특히 부엌도 그들의 생활공간에 속하는 것이기 때문에 절대적으로 정돈된 상태여야 한다고 주장하면서 온갖 일에 사사건건 참견했다.

불필요한 물건이나 지저분한 잡동사니가 어질러져 있는 것을 그들은 절대로 참지 못했다. 게다가 그들은 자기들이 쓸 가구며 살림살이들을 모두 가져왔다. 그래서 필요 없게 되었지만 팔아버리기도 애매하고 버리기도 애매한 모든 것들이 결국 그레고르의 방으로 들어왔다. 난로의 재를 받는 통이며 부엌의 쓰레기통까지 그레고르의 방에 던져졌다. 당장 쓸모없는 물건이 눈에 띄기만 하면 파출부는 언제나 그레고르의 방문을 열고 재빨리 던져놓고 가곤했다. 그나마 그레고르의 눈에는 물건과 그것을 던지는 손만 보인다는 것이 다행이라면 다행이었다.

파출부는 아마 언젠가 시간이 되면 필요한 물건을 골라 정리하거나 아니면 이렇게 모아두었다가 한꺼번에 갖다버릴 생각이었을 것이다. 그러나 실제로 물건들은 처음 던져진 그대로 쌓여 있을 뿐 절대로 두 번 다시 정리되는 일은 없었다. 그레고르가 그 잡동사니들 속을 기어 다니면서 조금씩 위치가 바뀌기는 했다. 처음에는 그렇게 하지 않으면 기어 다닐 공간이 없었기 때문에 물건들을 이리저리 옮길 수밖에 없었지만 나중에는 점점 그것을 즐기게 되었다.

하지만 이리저리 돌아다니며 물건을 옮기고 난 다음에 그는 무척 지치기도 하지만 무엇보다 너무나 서글퍼져서 몇 시간씩이나 꼼짝도 하지 않고 있곤 했다.

세든 남자들은 가끔 저녁 식사 시간에 돌아와서 가족 모두가 사용하는 거실에서 저녁을 먹기도 했기 때문에 거실로 통하는 문은 저녁때가 되면 보통 닫혀 있게 되었다. 그레고르는 문이 닫힌 것에 대해서는 아주 쉽게 포기했다. 어차피 방문이 열려 있다고 해도 자기는 가족들이 눈치 채지 못하게 어두컴컴한 방구석에 웅크리고 있을 수밖에 없었으니까. 그러던 어느 날 파출부가 거실로 통하는 문을 닫는 것을 깜빡 잊어버리는 바람에 세 남자가 저녁때 돌아왔을 때까지도 계속 살짝 열린 상태로 있었다.

거실에 불이 켜졌다. 그들은, 전에 그레고르가 부모님과 함께 식사를 하던 식탁에 둘러앉아 냅킨을 펼치고 나이프와 포크를 집어 들었다. 어머니가 곧 고기요리를 담은 커다란 접시를 들고 문가에 나타났고, 바로 그 뒤에 누이동생이 감자가 가득 담긴 커다란 접시를 들고 뒤따랐다.

김이 모락모락 피어오르는 맛있는 음식 냄새가 방안을 가득 채웠다. 남자들은 먹기 전에 음식을 검사라도 하는 것처럼 식탁 위에 놓인 요리 위로 몸을 굽혀 냄새를 맡았다. 그리고 아마 이들 세 사람 중에서 가장 높은 사람일 거라고 생각되는 가운데 앉은 남자가 자기 접시에 고기를 덜기 전에 커다란 접시 위에 놓인 채로 한 조각을 잘라냈다. 고기가 충분히 부드럽지 않으면 다시 주방으로 되돌려 보내려고 확인하는 것이 분명했다. 그는 만족스러운 표정을 지었다. 그러자 그 앞에서 초조하게 지켜보던 어머니와 누이동생은 안도의 숨을 쉬면서 미소를 지었다.

가족들은 부엌에서 식사했다. 그런데도 아버지는 부엌으로 들어가기 전에 굳이 거실에 들어가서 모자를 벗어 들고 고개 숙여 인사하고는 식탁 주위를 한 바퀴 돌았다. 남자들은 일제히 일어나서 뭐라고 투덜대듯 중얼거리며 마지못해 인사를 차렸다.

마침내 그들 세 사람만 남게 되자 그들은 저녁을 먹기 시작했다. 전혀 아무 말 없이 그들은 오직 먹는 일에만 집중했다. 음식을 씹을 때 이가 부딪치며 나는 소리가 식사할 때 날 수 있는 여러 가지 다양한 소리들 속에서도 단연 두드러지게 그리고 끊임없이 묘하게 그레고르의 귀를 자극했다. 그것은 마치 음식을 먹으려면 이가 있어야 한다고, 아무리 훌륭한 턱이 있다 한들 이가 없다면 아무 소용없다고 심술궂게 말하는 것 같았다.

나도 뭔가 먹고 싶어. 하지만 저런 음식은 절대로 싫어. 저 사람들은 참 잘들도 먹는군. 난 여기서 이렇게 죽어가고 있는데.

그레고르는 고통스럽게 혼자 중얼거렸다.

바로 그날 밤 부엌에서 바이올린 소리가 들리기 시작했다. 그레고르의 몸이 변한 이후로 처음 있는 일이었다. 마침 세 남자는 식사를 끝내고, 가운데 앉은 남자가 신문을 꺼내 양쪽 두 사람에게 한 장씩 뽑아서 나눠주고, 나란히 의자 등받이에 기대 앉아 담배를 피우고 있던 참이었다. 바이올린 소리가 들리자 그들은 귀가 번쩍한다는 듯이 일어나서 발꿈치를 들고 복도 쪽 문으로 살금살금 다가가 서로 바짝 붙어서서 귀를 기울였다. 부엌에서 그런 기척을 알아차렸는지 아버지가 외쳤다.

"바이올린 연주가 시끄러우십니까? 곧바로 멈추게 하겠습니다."

"아니에요, 시끄럽긴요, 전혀 아닙니다. 그보다 따님이 이리로 와서 연주하는 게 어떨까요? 연주하기에도 여기가 훨씬 더 아늑하고 편안할 것 같은데요."

가운데 남자가 나긋하게 말했다.

"그럼, 그럴까요?"

아버지는 마치 자기가 바이올린을 연주하는 것처럼 큰 소리로 대답했다.

세 남자가 거실로 돌아와서 기다리는 동안, 아버지가 보면대를 들고, 어머니는 악보를 들고, 동생은 바이올린을 들고 나타났다. 누이동생은 차분하게 연주를 준비했다. 남에게 방을 세준 것이 처음이라 세 남자에게 지나칠 정도로 예의를 차리고 있던 부모님은 원래 자기들 것인 의자에도 감히 선뜻 앉지 못했다.

아버지는 제복 외투의 단추 두 개 사이에 오른손을 찔러 넣고 문턱에 기대어 섰다. 그나마 어머니는 한 남자가 의자를 권해서 앉긴 했는데 구석자리에서 의자를 옮길 엄두도 내지 못했다.

누이동생은 연주를 시작했다. 아버지와 어머니는 각각 자기 자리에서 딸의 손놀림을 열심히 지켜보고 있었다. 그레고르 역시 연주에 홀린 듯 조금씩 앞으로 기어 나와 어느새 머리를 거실 안으로 들이 밀고 있었다. 전에는 생각이 깊어서 늘 남을 배려하는 자신을 매우 자랑스럽게 생각하던 그레고르였지만 최근에는 남에게 별로 신경을 쓰지 않는 자신을 별로 이상하게 생각하는 일도 없어졌다. 더구나 이제는 남들 눈에 띄지 않고 숨어 있어야 할 이유가 더 많이 생겼다. 워낙 먼지 구덩이 방에서 살고 있었기 때문에 그의 온 몸은 늘 먼지를 뒤집어쓰고 있을 수밖에 없었고 그래서 조금만 움직여도 먼지가 풀풀 날렸던 것이다. 그는 등과 옆구리에 잔뜩 붙어 있는 실밥이며 머리카락, 음식찌꺼기 같은 것을 질질 끌며 기어 다녔다.

하지만 이제 그는 모든 것에 아주 무감각해져서 더럽건 말건 신경 쓰지 않게 되었고, 예전에는 하루에도 몇 번씩이나 카펫에 등을 대고 누워 열심히 몸을 닦았지만 이제 그런 일도 그만둔 지 오래였다. 그런 그가 지금 아무런 거리낌 없이 먼지 하나 없이 말끔한 거실 마룻바닥을 기어나가고 있었다.

물론 아직은 아무도 그가 다가오고 있는 것을 알아차리지 못했다. 가족은 바이올린 연주에 완전히 마음을 빼앗기고 있었고, 세 남자는 양손을 바지 주머니에 넣고 보면대 옆으로 몰려가서 악보를 들여다보면서 누이동생이 바이올린을 연주하는데 방해가 될 정도로 누이동생의 바로 뒤에 엉거주춤 서 있다가 곧바로 창문 쪽으로 물러나서 고개를 숙이고 반쯤 낮춘 목소리로 서로 이야기를 나누고 있었다. 아버지는 그런 그들을 걱정스러운 눈으로 쳐다봤다.

그들은, 놀랍도록 아름답고 유쾌한 바이올린 연주를 들을 것으로 기대했는데, 완전히 예상이 빗나가서 실망했다는 표정이었고, 연주를 듣는 것이 지겹긴 하지만 어쨌든 예의상 끝날 때까지는 자신들의 귀중한 휴식 시간을 희생하고 꾹 참아주겠다는 기색이 역력했다. 그들은 거의 신경질적으로 담배연기를 입과 코로 위를 향해 높다랗게 내뿜었다.

하지만 그레고르가 듣기에 누이동생의 연주는 참으로 아름다운 것이었다. 동생은 얼굴을 한쪽으로 갸웃 기울이고 슬픔이 가득 담긴 눈으로 악보를 하나하나 확인하듯 따라 가고 있었다.

그레고르는 조금 더 앞으로 기어나갔다. 그는 동생과 눈이 마주치기를 기대하며 머리를 바닥에 대고 낮게 문질렀다.

음악이 이토록 나의 마음을 사로잡는데 그래도 내가 벌레인 걸까?

그가 지금까지 그토록 갈망하면서도 알지 못했던 미지의 자양분을 얻을 수 있는 길이 눈앞에 훤히 트이는 것만 같았다. 그는 결심했다.

누이동생 앞으로 가서 치마를 잡아당겨 내 방에 와서 연주해 달라고 말하겠어. 저런 사람들 앞에서 아무리 연주해 봐야 저런 인간들은 알아들을 귀도 없고 감사할 줄도 모르니까 말이야. 그리고 나는 이제 절대로 다시는 동생을 방 밖으로 내보내지 않을 거야. 적어도 내가 살아 있는 동안은. 내가 이렇게 끔찍한 몰골을 하고 있는 것이 이번만은 유용할 것 같군. 내 방 출입문을 지키고 있다가 누구라도 들어오기만 하면 즉시 달려가서 독기 있는 숨을 확 내뿜어주겠어.

하지만 누이동생은 어디까지나 자의로 나와 함께 있어야만 해. 동생이 강제로, 어쩔 수 없이 감금되어 있다고 생각한다면 그건 아무 의미가 없어.

누이동생을 소파 위에 앉히고 그 옆에 나란히 앉아 나에게 귀를 기울이게 한 다음에 동생에게 말해야지.

'나는 너를 진작부터 음악학교에 보내려고 마음먹고 있었어. 만약에 이런 불행이 닥치지만 않았다면 지난 크리스마스에, 아, 그래, 크리스마스는 벌써 지나갔지, 모두에게 그 사실을 알렸을 거야. 혹시 누군가 반대하는 사람이 있었더라도 나는 절대로 의지를 꺾지 않고 너를 음악학교에 보냈을 거야.'

이런 이야기를 들으면 누이동생은 감동해서 눈물을 흘리겠지. 그러면 나는 동생의 어깨에 기어 올라가서 동생의 목에 키스할 거야. 가게에 일하러 다니기 시작한 다음부터는 목걸이도 하지 않고 옷깃을 세우지도 않는 것 같군.

"잠깐만요, 잠자 씨!"

가운데 남자가 갑자기 그레고르의 아버지에게 소리쳤다. 그는 둘째손가락으로 천천히 앞으로 기어 나오고 있는 그레고르를 가리켰다. 바이올린 소리가 뚝 그쳤다. 가운데 남자는 그의 두 친구를 쳐다보고 미소를 던지며 고개를 가로젓더니 다시 그레고르를 쳐다봤다. 그들은 별로 흥분한 기색도 없었고, 오히려 바이올린 연주를 듣고 있는 것보다 그레고르가 더 흥미롭다고 생각하는 것 같았다.

하지만 아버지는 그레고르를 쫓아내는 것보다 세 남자를 진정시키는 것이 더 중요하다고 생각하는지 재빨리 두 팔을 벌리고 그들에게 뛰어가 그레고르가 그들 눈에 안 보이도록 온몸으로 가리면서 그들을 방으로 몰아넣기 시작했다.

그러자 그들은 조금씩 언짢은 기색을 드러내기 시작했다. 아버지의 행동 때문에 언짢아진 것인지 아니면 그레고르 같은 벌레가 같은 집에 있다는 것을 모른 채 지내왔다는 것을 이제야 알게 된 것 때문에 화가 났는지는 확실하지 않았다. 그들은 그레고르의 아버지처럼 똑같이 두 팔을 들고 잔뜩 흥분해서 각자 턱수염을 만지면서 아버지에게 설명을 요구했다.

그런 식으로 그들이 아주 천천히 뒷걸음질로 물러나고 있는 동안 누이동생은 갑작스런 절망감에서 번쩍 정신을 차리고 빠져나왔다. 동생은 축 늘어뜨린 손에 들고 있던 바이올린과 활을, 앉은 자리에서 호흡곤란을 느끼며 헐떡이고 있는 어머니의 무릎에 올려놓고는 재빨리 옆방으로 뛰어 들어갔다. 세 남자는 여전히 아버지의 압력에 밀려서 물러나고 있었으며 속도는 조금씩 더 빨라지고 있었다.

누이동생이 숙련된 손놀림으로 베개와 침대 시트를 척척 가지런히 준비하는 것이 이쪽에서도 보였다. 동생은 세 남자가 방에 닿기도 전에 모든 준비를 마치고 벌써 방을 빠져나왔다.

뭐든 한 번 시작했다 하면 끝장을 봐야 직성이 풀리는 아버지는 이번에도 역시 자신이 하고 있는 일에 너무나 열중한 나머지 임차인들에 대한 예의고 뭐고 더 이상 생각하지 않고 계속 그들을 재촉하고 몰아댔다. 이윽고 그들이 방문 앞까지 다 왔을 때 가운데 남자가 발을 구르며 소리를 질렀다.

"지금 이 자리에서 똑똑히 말해두겠습니다."

그제야 아버지는 그 자리에 섰다.

"나는 이 집과 가족들에게 감도는 불쾌한 분위기를 고려하여……"

그는 어머니와 동생의 주위를 끌기 위해 한 손을 들고 그들을 쳐다보다가 갑자기 결심을 굳힌 듯 결연한 태도로 방바닥에 침을 뱉었다.

"당장 방을 해약하겠습니다. 물론 지금까지 여기서 지낸 방 값도 절대로 못 냅니다. 오히려 우리가 당한 손해에 대해서 어떤 조치를 취할지 생각해 봐야겠습니다. 손해배상을 요구할 근거는 충분하니까요."

말을 끝내자 그는 뭔가 기다리는 듯이 앞을 똑바로 응시했다. 그러자 그의 두 친구가 합창하듯이 말했다.

"우리도 지금 당장 방을 해약하겠습니다."

그 말이 끝나기가 무섭게 가운데 남자는 방문 손잡이를 잡더니 문을 쾅 닫았다.

아버지는 손으로 앞을 더듬으며 비틀비틀 자기 의자로 돌아와 털썩 쓰러지듯 앉았다. 얼핏 봐서는 아버지가 여느 저녁처럼 잠시 눈을 붙이느라 늘어져 있는 것처럼 보이기도 했다. 하지만 도저히 지탱할 힘이 없는 것처럼 머리가 계속 푹푹 꺾이는 것으로 보아 잠든 것은 전혀 아니었다.

그레고르는 세 남자가 그를 처음 발견한 곳에 꼼짝 않고 엎드려서 이 모든 일을 지켜보고 있었다. 모처럼의 계획이 실패로 돌아간데 대한 실망감이 컸던 탓도 있었지만, 아마도 그동안 아무 것도 먹지 않고 지낸 날이 너무 길어서 그는 이미 움직이기도 힘들 정도로 쇠약해져 있었다. 그는 당장이라도 세계가 자기의 머리 위에서 와르르 무너져 내릴 것을 두려워하며 기다렸다. 어머니의 무릎 위에 놓여 있던 바이올린이 어머니의 떨리는 손가락 사이로 미끄러져 요란한 소리를 내며 바닥에 떨어졌다. 하지만 그 정도로는 이미 아무도 놀라지 않았다.

"아버지, 어머니!"

누이동생이 손으로 식탁을 쿵 두드리며 말했다.

"더 이상 이런 식으로는 살 수 없어요. 부모님은 어떨지 몰라도 전 그래요. 이런 괴물 같은 벌레를 오빠라고 부르는 것 자체가 말도 안 되는 일이에요. 그러니까 제가 하고 싶은 말은 우리가 이 괴물을 없애야 한다는 거예요. 우리는 지금까지 이 괴물을 위해서 인간으로서 할 수 있는 일은 다 했어요. 그동안 이 끔찍한 괴물을 보살피고 그 모든 고통을 참느라 우리가 얼마나 힘들게 살았냐고요. 이제 없애버린다 해도 아무도 우리를 나쁘다고 비난할 수는 없어요."

"그레테 말이 옳아, 옳고말고."

아버지가 혼잣말처럼 말했다. 아직도 여전히 가쁘게 숨을 몰아쉬고 있던 어머니는 눈길을 엉뚱한 곳에 고정시킨 채 손으로 입을 막고 나지막하게 기침을 하기 시작했다. 누이동생은 급히 어머니에게 달려가서 이마를 짚어보았다.

아버지는 누이동생의 말을 듣고 뭔가 생각하는 것처럼 똑바로 허리를 세우고 앉아서 세 남자가 저녁 식사를 하고 난 접시들이 아직 널려 있는 식탁 위에서 그의 제복 모자를 만지작거리고 있었다. 그리고 가끔씩 아무 움직임 없이 누워있는 그레고르를 내려다보았다.

"무슨 일이 있어도 저 괴물을 없애야 해요."

누이동생은 아버지에게 말했다. 어머니한테는 말해 봐야 발작적인 기침 때문에 들리지도 않을 것이기 때문이었다.

"이러다간 두 분 다 돌아가시고 말 거예요. 그렇잖아도 하루 종일 힘들게 일하고 집에 돌아와서까지 또 이렇게 지독한 고통을 겪으면서 우리가 언제까지 견딜 수 있겠어요? 이렇게는 못 살아요. 전 정말 이제 더는 못 참겠어요."

누이동생은 눈물을 펑펑 쏟으면서 울기 시작했다. 눈물이 어머니의 얼굴 위로 뚝뚝 떨어졌다. 어머니는 무심한 손길로 얼굴 위에 떨어지는 눈물을 닦았다.

"얘야, 그래, 우리가 이제 어떻게 하면 좋겠니?"

아버지가 놀라울 정도로 인정 많고 이해심 가득한 목소리로 딸에게 물었다.

누이동생은 그저 어깨를 으쓱할 뿐이었다. 말은 그렇게 했지만 동생 역시 어떻게 해야 좋을지 모르기는 마찬가지였고, 펑펑 우는 사이에 아까의 확신은 이미 어디론가 사라져버렸던 것이다.

"저 놈이 우리말을 알아듣기만 한다면! 그러면 저 놈과 얘기를 좀 해보고 어떻게 하는 게 좋을지 방법을 찾을 수도 있을 것 같은데. 저런 꼴로야 어디……"

아버지는 반은 묻는 것처럼 반은 한탄하는 것처럼 말했다. 그러자 누이동생은 그런 일은 절대로 있을 수 없다는 듯이 격렬하게 손을 저었다. 아버지는 눈을 감고, 딸의 확신이 맞는다는 것을 받아들이려고 애썼다.

"내쫓아버려야 해요."

누이동생이 다시 단호하게 외쳤다. 그리고 아버지를 설득하기 시작했다.

"방법은 그것밖에 없어요. 아버지, 저게 그레고르라는 생각만 버리면 돼요. 저 괴물이 그레고르라고 애초에 믿은 게 잘못이에요. 도대체 어떻게 저게 그레고르일 수 있어요? 만약 저 괴물이 그레고르였다면 그는 이미 오래 전에 알아서 떠났을 거예요. 인간이 저런 벌레와 같이 살 수 없다는 걸 잘 알고 있을 테니까요. 그랬다면 그레고르는 더 이상 없겠지만 적어도 우리는 그에 대한 기억을 소중히 간직하고 살았겠죠. 그런데 저 괴물은 우리를 괴롭히는 것으로도 모자라서 이제는 세든 사람들까지 쫓아내고 있잖아요. 이 괴물은 이 집을 혼자 독차지하고 우리를 길바닥으로 내몰고 싶은 게 분명하다고요. 아버지, 보세요. 저것 봐요."

누이동생이 갑자기 소리를 질렀다.

"또 시작이에요!"

누이동생은 마치 그레고르에게 가까이 있느니 차라리 어머니를 희생시키는 게 더 낫다는 듯 의자를 세차게 밀치고 어머니를 버려둔 채 아버지 뒤로 뛰어가 숨었다. 아버지는 무슨 일인지도 모르고 그저 딸의 호들갑에 벌떡 일어나더니 딸을 보호하려는 듯 두 팔을 반쯤 올려 동생 앞을 가로막았다.

그레고르는 누이동생이 왜 그토록 난리를 치는지 이해할 수 없었다. 그로서는 아무도, 더구나 누이동생을 겁 줄 생각은 전혀 없었다. 그는 단지 자기 방으로 돌아가려고 몸을 돌리기 시작했을 뿐이었다. 물론 그런 행동 자체가 이상한 느낌을 주었을 수도 있기는 했다. 왜냐하면 그는 지금 완전히 녹초가 되어 있었기 때문에 머리를 들어 올렸다가 마룻바닥에 부딪치는 반동으로 간신히 돌고 있었기 때문이다.

그는 잠깐 쉬는 동안 뒤를 돌아보았다. 그가 나쁜 뜻이 없다는 것을 가족들이 이젠 알게 된 모양이었다. 그러니까 아까는 순전히 발작적인 공포였던 것이다.

이제 가족들은 모두 슬픈 표정으로 아무 말 없이 그를 지켜보고 있었다. 어머니는 의자에 거의 눕다시피 다리를 모아서 쭉 뻗고 있었고, 피곤에 지친 두 눈은 거의 감겨 있었다. 누이동생은 아버지의 목에 한 팔을 두르고 아버지 옆에 앉아 있었다.

그럼 이제 마음 놓고 몸을 돌려도 될 것 같군.

그레고르는 이렇게 생각하고 다시 작업에 착수했다. 어찌나 힘이 드는지 움직일 때마다 큰 소리로 푸푸거리지 않을 수 없었고, 숨을 헐떡거리며 수시로 멈춰야 했다. 물론 아무도 그를 재촉하지 않았고, 그저 보고만 있었다. 겨우 몸을 돌리고 그는 곧장 앞으로 가기 시작했다. 그는 자신의 방이 그렇게 멀리 있는 것을 보고 깜짝 놀랐다. 그렇게 먼 거리를 좀 전에는 어떻게 이토록 쇠약한 몸으로 그것도 아무도 눈치 채지 못하게 지나왔는지 도저히 알 수가 없었다.

오로지 빨리 방으로 돌아가야 한다는 생각으로 기어가기에만 마음이 급해서 그는 가족들이 한 마디도 하지 않고 있다는 것도, 더 이상 울지 않는다는 것도 거의 알아차리지 못했다. 겨우 문 앞에 도착해서야 그는 뒤를 돌아다봤다. 목이 뻣뻣해서 그나마도 완전히는 고개를 뒤로 돌릴 수 없었지만 동생이 일어서 있다는 것 말고는 달라진 것이 하나도 없다는 것 정도는 알 수 있었다. 그는 어머니를 바라보았다. 피로에 지친 어머니는 어느덧 깊은 잠에 빠져 있었다.

그가 방에 들어서기 무섭게 방문이 쾅 닫히는 소리가 나더니 문 밖에서 자물쇠가 채워졌다. 그레고르는 이 느닷없는 쾅 소리에 너무나도 놀라 저도 모르게 작은 다리들을 깔고 넘어졌다. 그렇게 거칠게 문을 닫아버린 것은 물론 누이동생이었다. 아까부터 일어나서 기다리고 있다가 어느 틈에 뛰어나와 문을 닫아버린 것이다. 그리고 큰 소리로 말하는 소리가 들렸다.

"이제 됐어요!"

그레고르는 어둠 속을 둘러보았다. 얼마 지나지 않아서 그는 자신이 더 이상 전혀 움직이지 못한다는 것을 깨달았다. 이상하다는 생각은 들지 않았다. 오히려 그동안 어떻게 그렇게 가늘고 허약한 작은 다리들로 돌아다녔는지 부자연스럽게 느껴질 정도였다. 기분도 그다지 나쁘지 않았다. 아니, 차라리 편안한 느낌이었다. 등에 깊숙이 박힌 채 썩고 있는 사과도, 희뿌연 먼지로 뒤덮여있는 그 주위의 염증들도 이젠 더 이상 그에게 고통을 주지 않았다.

그는 가족들을 생각해보았다. 눈물겨운 애정이 다시 한 번 그의 마음속에 솟구쳤다. 어디로든 사라져버려야 한다는 생각은 누이동생보다 자신 쪽이 훨씬 더 간절했을 것이다. 이런저런 생각들이 두서없이 머릿속에서 엇갈렸다. 허무하기도 하고 평온하기도 한 느낌이었다.

시계탑에서 새벽 3시를 알리는 종소리가 울렸다. 창문 밖 세상이 조금씩 밝아오는 것을 그는 지켜보았다. 머리가 저절로 수그러졌다. 마지막 숨이 콧구멍을 통해 약하게 흘러나왔다.

아침 일찍 파출부가 도착했다. 가족들은 그녀에게 문을 세게 닫지 말라고 누누이 부탁했지만 그녀는 넘쳐나는 힘을 주체하지 못하고 매번 들어올 때마다 문을 쾅 닫고 나서야 아차 하곤 했다. 그러면 집안사람들은 저절로 그녀가 도착했다는 것을 알게 되었고, 그걸로 편안한 취침은 더 이상 불가능해졌다.

그녀는 여느 때처럼 오자마자 그레고르의 방부터 들여다봤다. 그녀는 그레고르가 여느 벌레와는 달리 뭐든지 분별할 수 있다고 굳게 믿고 있었다. 물론 처음에는 아무런 변화도 알아차리지 못했다. 그녀는 자기가 온 걸 모르는 척하느라 그가 일부러 꼼짝 않고 있는 거라고만 생각했다. 그녀는 문가에 서서 마침 들고 있던 긴 빗자루로 그레고르를 간질여봤다. 그래도 아무런 반응이 없자 그녀는 더 귀찮게 하려고 그를 쿡 찔렀다. 그의 몸이 아무 저항 없이 마루 위로 슬금슬금 밀렸다. 그녀는 그제야 뭔가 잘못됐다는 것을 느끼고 신경 써서 살펴보기 시작했다. 그녀는 곧 무슨 일이 일어났는지 알아차리고 눈을 커다랗게 뜨고 자기도 모르게 휘파람을 불었다. 그리고 지체 없이 달려가 잠자 부부의 침실 문을 열고 고함을 질렀다.

"어서 좀 와 보세요. 그게 죽었어요. 뻣뻣하게 굳어서 방에 뒹굴고 있다고요!"

잠자 씨 부부는 침대에서 벌떡 일어나 앉았다. 그들은 파출부가 하도 요란스럽게 떠드는 바람에 얼떨떨해서 그녀의 말을 알아듣는데 한참 시간이 걸렸다. 마침내 그들은 침대 양쪽 옆으로 후다닥 내려섰다. 잠자 씨는 얼른 어깨 위에 담요를 두르고 나왔고, 부인은 나이트가운을 입은 그대로 달려 나왔다.

가는 도중에 거실 문을 열었다. 그레테는 세 남자에게 자기 방을 내 준 이후로 그곳에서 잠을 자고 있었는데, 간밤에 전혀 잠을 자지 못한 것처럼 이미 옷을 다 차려 입고 있었다. 얼굴이 얼마나 창백하던지 굳이 물어볼 필요도 없었다. 그렇게 그들은 그레고르의 방으로 들어갔다.

"죽었다고요?"

잠자 부인은 그제야 파출부를 쳐다보며 미심쩍은 듯 물었다. 물론 눈으로 직접 보면 될 일이었고 굳이 확인해보지 않아도 분명하게 알 수 있는 상황이었다.

"그렇다니까요."

파출부는 증명이라도 하려는 듯 그레고르의 몸을 빗자루로 휙 밀었다. 그레고르의 몸이 마룻바닥 위를 쭉 미끄러지며 옆으로 밀려갔다. 잠자 부인은 그렇게 하지 못하게 말릴 것처럼 손짓을 했지만 실제로 그렇게 하지는 않았다.

"이제 우리도 하나님께 감사를 드릴 수 있겠군."

아버지는 말하면서 성호를 그었다. 세 여인도 그를 따라 성호를 그었다. 줄곧 시체에서 눈을 떼지 않고 있던 그레테가 말했다.

"어쩌면 저렇게 바짝 말랐을까요. 벌써 오랫동안 아무것도 먹지 않았어요. 음식을 차려놔도 언제나 손도 대지 않았어요. 차려놓은 그대로 들고 나온 것이 얼마나 오래 됐는지 몰라요."

정말로 그레고르의 몸은 거의 완전히 말라서 납작해져 있었다. 솔직히 가족들은 그제야 그것을 알아차렸다. 하지만 이제 그의 몸은 그의 작은 다리들에 의해 들려 있지 않았고 그들이 눈을 외면할만한 어떤 일도 하고 있지 않았다.

"그레테, 잠깐 우리 방으로 와."

잠자 부인은 슬픈 미소를 지으며 말했다. 그레테는 아쉬운 듯 시체를 돌아보며 부모님 침실로 들어갔다.

파출부는 문을 닫고 창문을 활짝 열었다. 아직 이른 아침이었는데도 방 안으로 흘러드는 바람은 벌써 희미하나마 어느 정도 훈훈한 기운을 띠고 있었다. 어느덧 3월 말이었다.

그때 세 남자가 방에서 나왔다. 그들은 어제 일은 까맣게 잊어버린 것처럼 식탁 위에 아침식사가 차려져 있지 않은 것에 깜짝 놀라며 물었다.

"아침 식사는 어떻게 된 거요?"

가운데 남자가 파출부에게 짜증스럽게 물었다. 그녀는 손가락을 입술에 대고 손짓으로 세 남자를 그레고르의 방 안으로 들어오게 했다. 그들은 우르르 몰려와서 낡아빠진 신사복 저고리 주머니에 손을 찔러 넣은 채 그레고르의 시체 주변에 둘러섰다. 이제 방 안은 꽤 밝아져 있었다.

그때 침실 문이 열리고 제복 차림의 잠자 씨가 나타났다. 한 팔에는 아내가, 다른 한 팔에는 딸이 꼭 붙어서 있었다. 모두들 울고 있었는지 눈이 빨갛게 부어 있었다. 그레테는 가끔씩 아버지의 팔에 얼굴을 묻었다.

"당장 내 집에서 나가요!"

잠자 씨는 두 모녀를 그대로 붙잡은 채 몸으로 문을 가리키며 말했다.

"그게 무슨 말씀이세요?"

가운데 남자가 약간 당황한 기색으로 나긋하게 말하면서 히죽 웃었다. 다른 두 남자는 등 뒤에서 두 손을 비벼대고 있었다. 이제 곧 굉장한 말싸움이 벌어지겠지만 어차피 자기들에게 유리하게 끝날 거라는 확신으로 신이 나 있는 것 같았다.

"내가 방금 말한 그대로의 뜻입니다."

잠자 씨는 양쪽에 두 모녀를 거느린 채 세 남자를 향해 똑바로 걸어갔다. 가운데 남자는 처음에는 머릿속으로 뭔가 계산하는 것처럼 방바닥을 내려다보면서 가만히 서 있었다.

"알겠습니다. 그럼 나가야죠."

그는 이렇게 대답했지만 그것은 마치 잠자 씨가 뭐라고 할지 떠보는 것처럼 좀 비굴하게 들렸다.

잠자 씨는 눈을 부릅뜨고 고개를 몇 번 짧게 끄덕였다. 그러자 가운데 남자는 곧 현관 앞 복도를 향해 성큼성큼 걸어갔다. 나머지 두 남자는 손을 비비던 것을 이미 멈추고 일이 어떻게 되어 가는지 듣고 있다가 마치 잠자 씨가 복도로 나와 그들 앞길을 막고 자신들의 지도자와 연결을 끊어버리기라도 할까봐 불안하다는 듯이 얼른 그의 뒤를 따라 재빠르게 뛰어나갔다.

현관에서 세 남자는 옷걸이에 걸려 있던 모자를 각각 집어 들고, 우산통에 꽂혀 있던 지팡이를 각각 빼들고는 말도 없이 고개만 숙여 인사를 하더니 그 집을 떠났다.

잠자 씨와 두 모녀는 그들이 진짜로 떠났는지 보기 위해서 현관 밖까지 따라 나갔다. 그리고 세 남자의 의도를 믿지 않을 이유가 전혀 없었다는 것을 곧 확인했다. 왜냐하면 난간에 기대어 내다보니 세 남자는 천천히 움직이고 있긴 했어도 꾸준히 계단을 걸어 내려가고 있었기 때문이다. 각 층의 꼬부라지는 계단 모퉁이를 돌때마다 그들은 사라졌다가 잠시 후 다시 나타나기를 반복했다. 점점 더 아래로 내려갈수록 그들은 잠자 씨 가족의 관심 밖으로 사라졌다.

정육점에서 심부름 하는 아이가 머리에 쟁반을 얹고 뽐내듯 걸어 올라오고 있었다. 그 아이가 세 남자를 지나쳐서 더 위로 올라오기 시작했을 때쯤 잠자 씨와 두 모녀는 층계참을 떠나 집안으로 들어갔다. 이젠 안심이었다.

그들은 그날 하루를 산책을 하면서 쉬기로 결정했다. 그동안 그렇게 고생했으니 오늘 하루 정도는 충분히 쉴 자격이 있다고 생각했다. 게다가 지금 그들에게는 휴식이 절대적으로 필요했다. 그래서 세 사람은 식탁에 둘러앉아 각각 결근계를 한 장씩 쓰기 시작했다. 잠자 씨는 직속상사에게, 잠자 부인은 일감을 받아오는 가게에, 그리고 그레테는 가게 점장에게.

그들이 결근계를 쓰고 있을 때 파출부가 들어와서 그날 아침 일을 끝냈으니 이제 그만 가겠다고 말했다. 세 사람은 처음에는 결근계를 쓰느라 바빠서 쳐다보지도 않고 고개만 끄덕였다. 그런데도 웬일로 파출부가 떠나지 않고 계속 꾸물대고 있자 잠자 부인이 고개를 들고 짜증스럽게 물었다.

"왜 안 가고 있어요?"

파출부는 마치 엄청나게 좋은 소식을 가져왔지만 말해달라고 졸라대기 전에는 말해줄 수 없다는 듯한 미소를 머금은 채 문가에 서 있었다. 그녀가 이 집에 일하러 오기 시작할 때부터 늘 잠자 씨의 신경을 거슬리게 하던, 거의 수직으로 그녀의 모자에 꽂혀 있는 작은 타조 깃털이 부드럽게 흔들리고 있었다.

"무슨 일이에요?"

"네, 저……"

그녀는 대답하려고 했지만 실실 웃음이 터져 나오는 바람에 좀처럼 말을 잇지 못했다.

"있잖아요. 저 안에 있는 거요. 저걸 어떻게 처리할지 걱정 안 하셔도 된다고요. 제가 아주 깔끔하게 처리했거든요."

잠자 부인과 그레테는 다시 결근계를 쓰는 척 하면서 고개를 숙였다. 잠자 씨는 파출부가 그 모든 처리 과정을 자세히 얘기하려는 기색을 알아차리자 얼른 손을 내밀어 그녀를 막았다.

파출부는 기분이 얼마나 상했는지 똑똑히 느껴지는 목소리로 인사를 하고는 홱 돌아섰다. 그리고 자기가 급히 서둘러야 할 바쁜 일이 있다는 것을 갑자기 기억해내고 문을 사정없이 쾅 닫았다.

"오늘밤에 다시 오면 그만두게 해야겠어."

잠자 씨가 말했지만 아내도 딸도 대답하지 않았다. 그들이 모처럼 얻은 평화를 파출부가 망가뜨렸다는 생각에 두 모녀는 일어나서 창가로 갔다. 두 사람은 서로 팔을 두르고 서서 창밖을 내다보고 있었다. 잠자 씨는 의자에서 몸을 틀어 잠깐 그들을 쳐다보다가 그들에게 말했다.

"그만 하고 이리 와. 이제 지난 일은 다 잊어버리고 그만 끙끙거리자고. 나한테도 관심 좀 보여달라고."

두 모녀는 곧 그의 말대로 얼른 그에게로 달려와서 입을 맞추고 껴안아 주었다. 그리고 쓰던 결근계를 마저 끝냈다.

세 사람은 나란히 집을 나섰다. 얼마만의 일인지 몰랐다. 그들은 교외로 나가는 전차를 탔다. 따뜻한 햇살로 가득한 전차 안에는 그들 세 사람뿐이었다. 전차 좌석 등받이에 편안하게 기대 앉아 그들은 앞으로의 일을 이야기했다.

그들의 재정 상태는 그다지 나쁘지 않았다. 세 사람 모두 꽤 괜찮은 일자리가 있었고, 당장 이사만 하면 이제 급한 일은 하나도 없었다. 지금 집보다 조금 더 작고, 싸고, 위치는 좀 더 좋고 무엇보다도 실용적인 집이 필요했다. 그러는 동안 그레테는 점점 더 생기를 되찾고 있었다.

잠자 씨 부부는 최근에 그녀의 뺨이 무척 창백해진 것을 걱정하고 있었는데 이야기를 나누는 동안 그들은 딸이 아름다운 처녀로 꽃피고 있다는 것을 거의 동시에 깨달았다. 잠자 씨 부부는 점점 말수가 적어졌다. 두 사람은 서로의 눈을 바라보면서 거의 자신들도 모르는 사이에 이제 곧 딸을 위해 좋은 남자를 찾아봐야 할 때가 다가올 것이라는데 의견을 같이했다. 그리고 마치 부모의 새로운 꿈과 기쁜 계획을 확인시켜주기라도 하듯 목적지에 도착하자 그레테가 제일 먼저 일어나서 젊음이 물씬 풍기는 몸으로 기지개를 켰다.

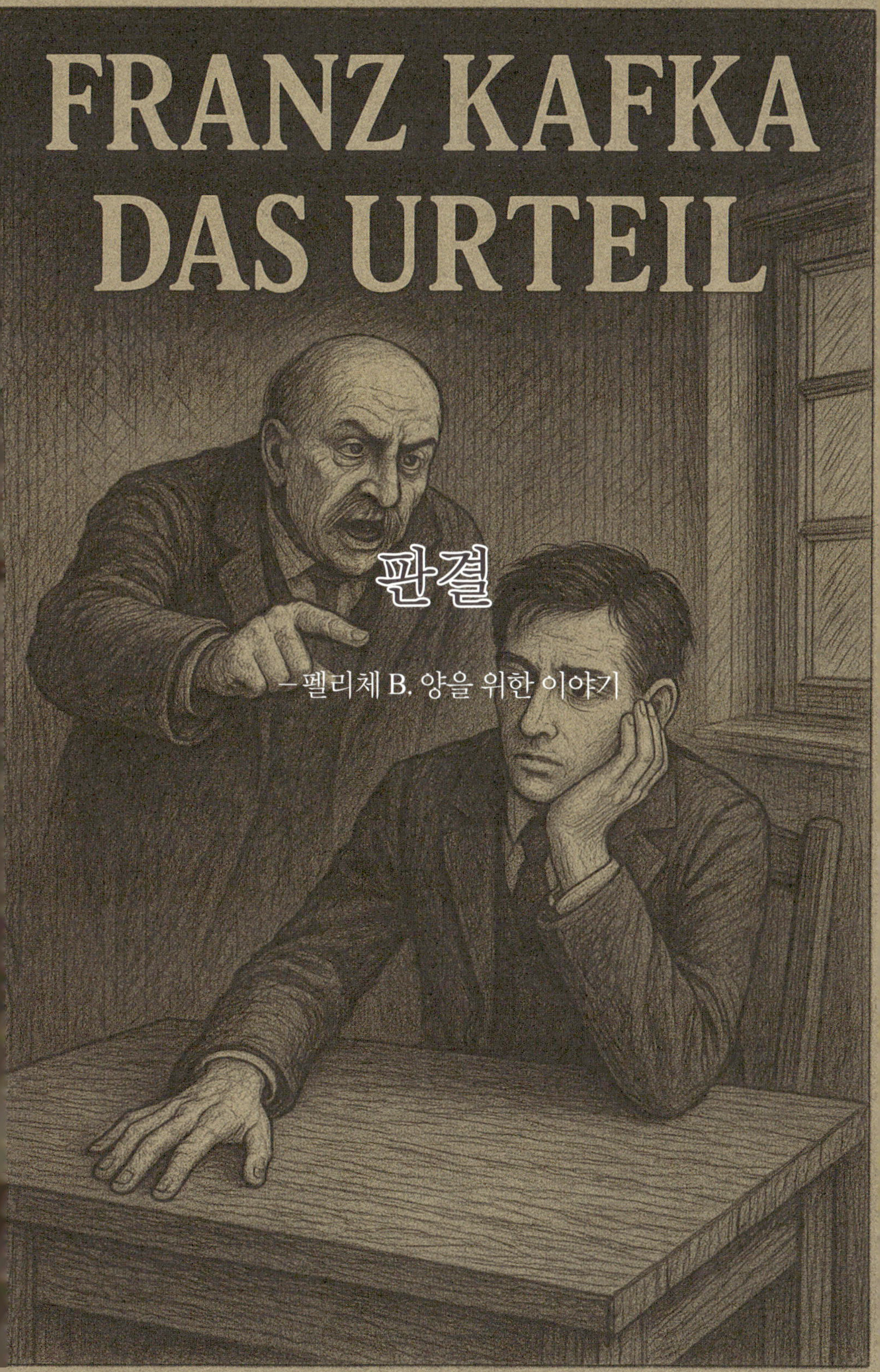
FRANZ KAFKA
DAS URTEIL
판결
—펠리체 B. 양을 위한 이야기

봄이 완연한 어느 일요일 아침, 젊은 상인 게오르크 벤데만은 이층의 자기 방에 앉아서 지금은 외국에 나가있는 어린 시절 친구에게 편지를 써서 장난하듯 아주 천천히 봉하고 난 참이었다. 그의 집은 강물을 따라 길게 늘어서 있는, 거의 높이와 빛깔에 의해서만 구별되는 단순하고 야트막한 집들 속에 있었다. 그는 팔꿈치를 책상에 괴고 창 너머로 강물과 다리 그리고 연한 초록색을 띤 강 건너편 언덕을 바라보았다.

그는 그 친구가 고향에서 지내는 것에 만족하지 못하고 이미 여러 해 전에 러시아로 도피한 사실을 곰곰이 생각해 보았다. 지금 그 친구는 페테르부르크에서 사업을 하고 있다는데 처음 시작할 땐 그렇게 잘 되던 것이 벌써 오래 전부터는 벽에 부딪쳐 있는 모양이었다. 어쩌다 뜸하게 고향을 찾아와서 그 친구가 탄식하는 바로는 아마 사정이 아주 심각한 것 같았다.

결국 그 친구는 낯선 곳에서 별 소득도 없이 지치도록 일만 하고 있는 셈이었다. 외국풍의 터부룩한 수염을 길렀지만 어린 시절부터 익히 알고 있는 그 얼굴은 그대로 남아 있었고, 누렇게 변한 피부로 봐서는 무슨 병이 있는 것 같은 느낌이었다.

그 친구 말로 봐서는 그곳에 사는 동향 사람들과 정식으로 어떤 교류를 하고 있는 것도 아니고 그렇다고 그 고장 토박이들과 사교적인 교류를 하고 있는 것도 아니었다. 그래서인지 그 친구는 더욱 더 독신 생활을 고수하고 있었다.

그런 사람에게 뭐라고 써 보내야 할까? 명백히 궤도를 벗어나버린 사람, 가엾고 안쓰럽기는 하지만 그렇다고 어떻게 도울 수도 없는 사람에게 무슨 말을 쓴단 말인가? 고향으로 돌아와서 다시 시작해 보는 것이 어떻겠느냐고 권해야 할까? 옛날의 친구들과 함께 어울리면서 살면 사는 재미도 있고, 어쨌든 친구들의 도움도 받을 수 있을 것이라고 권해야 할까?

하지만 그것은 혹시 그를 더욱 아껴주면서도 동시에 그만큼 그를 더 모욕하는 것이 되지 않을까? 지금까지의 자네의 시도들은 실패했으니 이제는 다 집어치우고 돌아오라는 것처럼 들리지 않을까?

설령 그가 그 충고를 받아들여서 돌아온다고 해도 그 다음엔 어떻게 하지? 친구들은 이해한다고 해도 다른 사람들이 그에게 놀란 눈총을 보내는 것까지 막을 수는 없고, 가만히 집에 눌러 있으면서 성공한 친구들이 하라는 대로 그저 늙은이처럼 따르라고 말해주는 것과 다를 바 없다. 그런 식으로 그를 훌닦아 세우는 것이 분명히 그럴 만한 보람이 있는 것일까? 그렇다면 굳이 고향으로 돌아오라고 설득할 필요가 있을까? 어차피 그 자신이 고향 사정을 이제는 통 모르겠다고 말한 적도 있고, 친구랍시고 주제넘은 참견을 했다가 오히려 그의 기분을 완전히 상하게 해서 그나마 남아 있던 우정까지 더 멀어질지도 모른다.

하지만 그가 정말로 충고를 받아들여서 고향으로 돌아왔다가, 물론 절대로 그렇지 않기를 바라지만 혹시라도 그가 친구들 속에서 굴욕을 느끼게 된다면?

그래서 친구들과도 어울리지 못하고, 그렇다고 친구들 없이 혼자 꾸려나가지도 못하게 된다면? 그때 가서는 정말 고향도 친구도 다 없어져 버리게 되는 것이니 그를 위해서는 차라리 그대로 타향에 머물러 있는 편이 낫지 않을까. 돌아와서 성공하리라는 보장은 어디에도 없으니.

이런 복잡한 이유들 때문에, 그는 그 친구와 편지 왕래라도 제대로 유지하고 싶었지만, 아무에게나 별 생각 없이 말할 수 있는 그런 대수롭지 않은 일들도 그에게는 곧이곧대로 쉽게 쓸 수가 없었다. 행여 오해나 하지 않을까, 혹시라도 자존심 상하지나 않을까 늘 신경을 써야 했던 것이다.

그 친구는 벌써 3년이 넘도록 고향에 오지 않았다. 러시아의 정치적 상황이 불안정해서 아무리 소규모로 사업을 하고 있는 사람이라도 일단 사업을 하고 있는 동안은 잠깐도 출국이 허락되지 않는다고 그는 말했지만 그야말로 옹색한 변명이었다. 실제로는 러시아인 수십만 명이 유유히 세계를 돌아다니고 있었으니까.

어쨌든 지난 이삼 년 동안에는 게오르크에게도 많은 변화가 있었다. 2년 전에 어머니가 돌아가셨고, 그 이후로 게오르크는 늙은 아버지와 함께 살고 있었다. 물론 게오르크는 그 친구에게 소식을 전했고 그 친구는 조의를 표하는 편지를 보냈는데 어찌나 무뚝뚝하던지 애도 편지가 맞나 싶을 정도였다. 객지에 혼자 나가 있으면 그런 슬픔도 쉽게 공감하기 어렵거나 실감하지 못하는 모양이라고 생각할 수밖에 없었다.

아무튼 게오르크는 그 무렵부터 다른 모든 사람들과 마찬가지로 사업에 열을 올리기 시작했다. 어머니가 살아 계신 동안에는 아버지가 사업에 관한 한 무엇이든 자신의 견해만 관철시키려 드는 바람에 게오르크는 자기주장을 하거나 힘을 펼 수가 없었고 독자적으로 행동하는 것을 계속 제지당하고 있었다.

하지만 어머니가 돌아가신 다음부터는 모든 것이 달라졌다. 아버지는 아직 가게에 나오고 여전히 사업에 관여하긴 했지만 전과 달리 무척 소극적이었다. 그래서 게오르크가 자기 뜻대로 가게를 운영할 수 있었기 때문이었는지, 아니, 무엇보다 행운이 따랐다고 하는 게 옳겠지만, 어쨌든 가게는 지난 2년 동안 정말 누구도 예상하지 못했을 정도로 크게 발전해서 종업원은 두 배로 늘어났고 매상은 다섯 배로 늘어났다. 앞으로도 쭉쭉 뻗어나갈 것은 의심할 여지도 없는 상황이었다.

하지만 그 친구는 이러한 변화는 꿈에도 모르고 있을 것이 틀림없었다. 2년 전에 조의를 표한 편지가 마지막이었으니까. 그렇잖아도 전부터 그 친구는 러시아로 이민 오라고 게오르크를 설득하려 했었고 페테르부르크에다 게오르크의 사업지부를 낼 경우의 전망을 소상히 적어 보내기도 했었다. 그 수치들은 게오르크의 현 사업 규모에 비하면 정말 보잘것없었다. 하지만 게오르크는 친구에게 자기의 사업 성공에 대해 쓸 기분은 아니었다. 게다가 지금 와서 그런다면 그 친구 입장에서는 얼마나 이상할 것인가! 오해할 수도 있는 일이었다.

그래서 가끔 한가한 일요일에 게오르크가 친구에게 보내는 편지에는 언제나 기억 속에 두서없이 쌓여 있는 대단치 않은, 누구에게 말해도 아무 상관없는 소소한 사건들뿐이었다. 그는 그저 친구가 긴 시간 동안 고향에 대해 가지고 있을 이미지를 흐리지 않고 그대로 놔두고 싶었다. 그러다 보니 게오르크는 자기와는 아무 상관도 없는 사람이 역시 자기와는 아무 상관도 없는 처녀와 약혼했다는 것을 상당히 띄엄띄엄 띄운 편지를 통해 친구에게 세 번씩이나 알려주는 웃지 못할 실수를 범한 적도 있었다. 그 바람에 친구는 이 기이한 사건에 흥미를 갖게 되었다고 한 마디 했었다.

아무튼 게오르크는 자기가 한 달 전에 부유한 집안의 처녀 프리다 브란덴펠트 양과 약혼했다는 사실을 써 보내는 것보다는, 오히려 그런 잡다하고 사소한 남의 일을 쓰는 것이 마음 편했다.

그는 그 친구에 대해서 그리고 그와 주고받는 특별한 편지에 대해서 자주 약혼녀에게 이야기했다.

"그분은 우리 결혼식에 오지 않겠네요. 난 당신 친구 모두를 알 권리가 있는데요." 그녀가 말했다.

"그에게 부담을 주고 싶지 않아. 나를 이해해 줘. 아마 내가 말하면 그는 오겠지. 난 그럴 거라고 믿어. 하지만 그는 강요를 받은 것처럼 느끼게 될지도 모르고 어쩌면 나를 부러워하게 될 거야. 그리고 서운하고 초라한 느낌을 털어버리지 못하고 마음속에 그대로 간직한 채 혼자 타향으로 돌아가겠지. 혼자서! 그게 무슨 뜻인지는 당신도 알겠지?" 게오르크가 말했다.

"좋아요. 그럼 그 사람이 다른 방법으로 우리 결혼을 알게 될 수는 없을까요?"

"그렇게만 된다면야 좋지. 그것까지야 내가 막을 수는 없을 테니까. 그렇지만 그 친구의 생활방식으로 봐서는 그런 일은 아마 절대로 없을 거야."

"게오르크, 당신 친구들이 그렇다면 애당초 약혼 같은 건 하지 말았어야 했어요, 안 그래요?"

"맞아. 그건 우리 둘의 책임이야. 하지만 지금도 내가 달리는 어떻게도 할 수 없었다고 생각해."

"그래도 난 마음이 상했단 말이에요."

그의 키스를 받고 그녀가 할딱거리면서 말했다.

그런 그녀의 모습을 보면서 문득 그는 친구에게 모든 것을 털어놓는 일이 뭐 그리 어려운 일일까 싶은 생각이 들었다. 그리고 정말로 별것 아닌 일로 여겨졌다. 그는 마음속으로 스스로에게 다짐했다.

'어차피 나라는 위인은 이런 사람이야. 그 친구도 나를 있는 그대로 인정하고 받아들여야 해. 그와의 우정을 유지하기에 합당한 인간으로 나 자신을 실제의 나 이상으로 꾸며낼 수는 없는 거야.'

그래서 정말로 그는 이 일요일 오전에 그 친구에게 긴 편지를 썼다. 그리고 자신의 약혼에 대해 다음과 같은 말로 보고했다.

가장 좋은 소식을 마지막까지 아껴두었다가 이제야 알리네. 나는 프리다 브란덴펠트라는 아가씨와 약혼했어. 아주 부유한 집안의 딸이야. 자네가 떠난 지 훨씬 뒤에 이곳으로 이사해 왔으니까 자네는 모를 거야.

자네에게 내 약혼녀에 대해 좀 더 자세히 알려줄 기회는 또 있을 테니 지금은 내가 아주 행복하다는 것으로 만족하게. 그리고 우리 사이에 달라진 것이 있다면 자네가 이제는 지극히 평범한 친구 대신 행복한 친구를 가지게 되었다는 사실뿐이야.

내 약혼녀는 자네에게 꼭 안부를 전해달라고 말했네. 그리고 머지않아 자네에게 직접 편지를 쓸 예정이라고 하니, 자네는 이제 솔직한 여자 친구를 하나 얻게 될 걸세. 여자 친구가 생긴다는 것은 독신자에게는 아주 무의미한 일은 아니잖아?

여러 가지 사정으로 자네가 우리 결혼식에 오기는 어려울 줄 아네. 그리고 오지 못해도 나는 충분히 이해해. 정말 전혀 섭섭하게 생각하지 않아. 다만 내 결혼식이 어쩌면 온갖 잡다한 일들을 한꺼번에 치워버릴 절호의 기회가 될지도 모른다는 생각은 드네.

어쨌든 이런저런 걱정하지 말고 그냥 자네 좋은 대로 하기 바라네.

편지를 손에 들고 게오르크는 오래도록 창밖을 내다보면서 책상에 앉아 있었다. 아는 사람이 골목을 지나가다가 인사를 했는데도 그는 딴 생각을 하느라 무의식적으로 미소를 지었을 뿐 제대로 답례도 못했다.

마침내 그는 편지를 주머니에 넣고 방을 나왔다. 그는 짧은 복도를 가로질러 벌써 여러 달째 들어간 적 없던 아버지의 방으로 갔다. 평소에는 굳이 아버지 방에 들어갈 일이 없었다. 아버지와는 가게에서 늘 만나고 있었고, 점심 식사도 같은 식당에서 같은 시간에 함께 먹었고, 저녁만큼은 각자 자유롭게 시간을 보내기로 했지만, 게오르크가 친구들과 어울리거나 요즘처럼 약혼녀를 만나러 가는 일이 없을 때면, 각자 신문을 들고 거실에 잠시 더 앉아 있고는 했었으니까.

게오르크는 아버지의 방이 이렇게 햇볕 좋은 오전에조차 얼마나 어두운지 깜짝 놀랐다. 좁은 안뜰 저편에 솟아 있는 높은 담장이 그토록 어두운 그늘을 방안 가득 드리우고 있었다. 돌아가신 어머니의 여러 유품이 자질구레하게 놓여 있는 창가 한구석에 앉아서 아버지는 신문을 눈앞에 비스듬히 들고 읽고 계셨다. 그렇게 하면 약해진 시력을 어느 정도 상쇄할 수 있는 모양이었다. 탁자 위에는 먹다 남은 아침 그릇이 놓여 있었는데 거의 안 드신 것 같았다.

"아, 게오르크냐!"

아버지는 얼른 일어나 그에게로 걸어왔다. 아버지가 걸음을 옮길 때마다 묵직한 가운의 옷자락이 펄럭였다. 그 모습을 보면서 '우리 아버진 여전히 거인이시군.'하고 게오르크는 속으로 중얼거렸다.

"여기는 참 답답할 정도로 어두운 걸요."

"그래, 어둡긴 어두워."

"게다가 창문도 닫아 놓으셨네요."

"그게 난 더 좋아."

"바깥은 정말 따뜻해요."

대화를 마무리하려고 게오르크는 의자에 앉았다.

"별 일은 아니고요, 사실은 그냥, 페테르부르크에 제 약혼을 알리기로 했다는 걸 말씀드리려고요."

아버지가 아침 그릇들을 궤짝 위로 치우는 모습을 물끄러미 바라보면서 게오르크는 편지를 주머니에서 살짝 꺼냈다가 곧바로 다시 집어넣었다.

"페테르부르크로?" 아버지가 물었다.

"제 친구 있잖아요."

게오르크는 말하면서 아버지의 안색을 살폈다.

'가게에서랑은 전혀 다르신데. 여기선 떡 버티고 앉아서 팔짱까지 끼고 계시네.'

"그래. 네 친구 말이지!"

아버지가 강조하듯 또박또박 말했다.

"아버지도 아시잖아요. 제가 처음에는 그 친구한테

제 약혼을 비밀로 하려고 했던 것 말이에요. 전에 제가 말씀드렸었죠? 물론 인정상의 배려일 뿐이지 다른 이유는 아무것도 없어요. 아버지도 아시겠지만 그 친구는 정말 까다로운 사람이거든요. 그래서 저는 이런 식으로 생각했던 거예요. 다른 사람한테서 내 약혼 얘기를 듣게 될지도 모른다, 그의 고독한 생활방식을 봐서는 그럴 가능성은 거의 없겠지만. 어쨌든 그렇게 된다면 어쩔 수 없는 일이지만 어쨌든 내 입으로 직접 그 사실을 말하지는 않겠다."

"그런데 지금은 생각이 달라졌다는 거구나?"

아버지는 커다란 신문을 창문턱에 내려놓고 다시 신문지 위에 안경을 내려놓은 다음 손으로 눌렀다.

"네, 다시 생각해 보니, 그가 정말 저의 좋은 친구라면 저의 행복한 약혼이 그에게도 행복한 일일 게 틀림없겠죠. 그래서 그 친구한테 알리는 것을 이제는 망설이지 않기로 했어요. 그리고 우체통에 편지를 넣기 전에 아버지께 말씀드리러 온 거예요"

아버지는 이가 다 빠진 입을 꾹 다물었다. 그리고 단호한 목소리로 말하기 시작했다.

"게오르크, 어디 한 번 내 말 좀 들어봐라! 너는 이 일 때문에 나와 상의하려고 왔다. 그건 참 잘한 일이다. 하지만 이제 와서 그런다고 해도 별 수 없다. 아니, 그보다 더 고약한 일이지. 만약 네가 지금 나에게 사실대로 전부 말하지 않는다면 말이다. 물론 난 지금, 이 일과 관련되지 않은 것들까지 일일이 들추어내고 싶지는 않다만, 네 어미가 세상을 버린 다음부터 뭔가 언짢은 일들이 꽤 여러 가지 있었다. 아마 그렇게 될 때였는지도 모르지. 어쩌면 우리가 생각하고 있는 것보다 훨씬 더 빨리 그런 때가 닥친 건지도 몰라. 아무튼 사업상으로 많은 것들이 내 손을 거치지 않고 슬금슬금 제멋대로 벌어지고 이루어졌지. 설마 네가 나한테 숨길 속셈이라고는 절대로 생각하지 않는다. 물론 나는 절대로 그런 건 상상도 안 해. 만약이라는 가정조차도 하지 않아. 하지만 나는 이제 기운도 다 빠지고 기억력도 예전 같지 않아서 그 숱한 일들을 다 살펴보지는 못한다. 그거야 첫째로는 자연적인 순리니까 말할 것도 없는 일이고, 둘째로는 네 어미의 죽음이 너보다는 나한테 훨씬 더 충격적인 일이었다는 거지. 어쨌든 지금 이 문제, 네 편지 문제 말이다. 제발 부탁이야, 게오르크, 나를 속이지 말아라. 이건 아주 사소한 일이고 사업과는 아무 관계도 없는 일이잖니? 그러니 나를 속이지 마. 페테르부르크에 친구가 있다는 게 정말 사실이냐?"

게오르크는 놀라고 당황해서 벌떡 일어섰다.

"친구 같은 건 상관없어요. 그 얘긴 그만 둡시다. 친구 천 명이 있다 한들 아버지를 대신하지는 못하니까요. 제가 지금 무슨 생각을 하고 있는지 아세요? 아버지는 스스로 몸을 돌보지 않는다는 거예요. 나이는 그 나이에 맞는 것을 요구하기 마련인데 말이죠. 아버지가 안 계시면 저 혼자서는 가게를 꾸려나갈 수 없어요. 그건 아버지도 잘 아시잖아요. 가게 일이 아버지의 건강을 위협한다면 내일이라도 저는 당장 가게 문을 닫아버릴 거예요. 영원히요. 아무래도 이대로는 안 되겠어요. 아버지를 위해서 생활방식을 근본적으로 바꿀 필요가 있어요. 이렇게 날씨가 좋은데도 아버지는 여기 어두컴컴한 방에 앉아 계시잖아요. 거실만 해도 얼마나 볕이 잘 드는데요. 게다가 아버지는 아침도

드는 둥 마는 둥 하시고……, 제대로 기운을 차리려면 좋은 음식을 많이 드셔야 하는데 말이에요. 그리고 무엇보다 신선한 공기를 쐬야 하는데 창문도 모두 닫아걸고 계시잖아요. 이대로는 정말 안 되겠어요, 아버지! 제가 의사를 불러올 테니 그 처방대로 따르세요. 그리고 저랑 방을 바꿔요. 그렇다고 크게 달라질 건 없으니 걱정 마세요. 방에 있던 물건들도 전부 같이 옮길 테니까요. 아무튼 그건 나중에 시간 될 때 하고 지금은 우선 침대에 누우세요. 아버지에게는 절대로 휴식이 필요해요. 자, 옷 벗는 걸 도와드릴게요. 제가 해드릴 수 있어요. 아니면 지금 바로 제방으로 가셔서 제 침대에 누우시는 건 어때요? 밝은 곳에 누워 있으면 금방 기분이 좋아지실 거예요"

게오르크는 아버지 곁에 바싹 붙어 섰다. 아버지는 헝클어진 흰머리가 가슴에 닿을 정도로 고개를 숙이고 있었다.

"게오르크." 아버지가 나지막이 불렀다.

게오르크는 얼른 아버지 곁에 꿇어앉아 아버지를 올려다 보았다. 아버지의 지친 얼굴 속에서 놀라울 정도로 부릅뜬 두 눈이 튀어나올 듯 그를 보고 있었다.

"넌 페테르부르크에 친구가 없어. 넌 늘 농담을 잘 했지. 내 앞에서도 늘 그랬어. 하지만 그런 곳에 네 친구가 있을 까닭이 뭐냐! 난 믿을 수가 없구나."

"다시 한 번 잘 생각해 보세요, 아버지."

게오르크는 아버지를 안락의자에서 일으킨 다음 완전히 힘이 빠진 것처럼 서 있는 아버지의 잠옷 가운을 벗기면서 말했다.

"벌써 3년 전 일인데요. 그때 그 친구가 우리 집에 와서 잤었잖아요. 아버지는 그를 별로 좋아하지 않으셨죠. 그래서 제가 두 번이나 그 친구가 방에 없는 척 했어요. 바로 제 방에 앉아 있었는데도 말이에요. 저야 물론 그 친구를 아버지가 꺼리시는 것을 이해할 수 있었죠. 아무튼 그 친구는 좀 이상했으니까요. 그렇지만 나중에는 아버지도 그 친구와 이야기를 나누셨잖아요. 저는 그때 아버지가 그의 말에 귀를 기울이고 고개를 끄덕이면서 이것 저것 물어보시는 게 굉장히 자랑스러웠어요. 잘 생각해 보세요. 틀림없이 기억나실 거예요. 그 친구는 그때 러시아 혁명에 관한 말도 안 되는 이야기를 했잖아요. 사업상의 일로 여행하다가 폭동이 일어난 키에프의 어떤 광장에서 굉장한 소동을 겪은 일 같은 거요. 어떤 성직자가 발코니에 올라가서 자기 손바닥에 피의 십자가를 큼직하게 새기더니, 그 손을 번쩍 들어 군중에게 호소하는 걸 봤다는 얘기 기억 안 나세요? 아버지도 나중에 직접 여기저기서 다른 사람들한테 그 얘길 해 주셨잖아요."

그 사이에 게오르크는 아버지를 다시 앉히고, 린넨 팬티 위에 입은 쫄쫄이 면내의와 양말을 조심스럽게 벗겼다. 그다지 깨끗하다고는 할 수 없는 속옷을 보고 그는 아버지를 잘 돌봐드리지 못한 자신을 나무랐다. 아버지가 속옷을 갈아입는 일에 신경을 쓰는 일 역시 분명 그의 의무였다. 그는 약혼녀와 아버지의 문제에 대해 아직 분명하게 이야기한 적이 없었다. 두 사람 다 아버지는 당연히 지금까지 사시던 낡은 집에서 그대로 혼자 사실 것이라고 생각하고 있었기 때문이다. 그런데 지금 이 순간, 그는 갑자기 아버지를 자신의 새로운 가정에 모시겠다고 단호하게 결심했다. 사태를 똑바로 보았을 때 그가 앞으로 아버지에게 있는 정성을 다해 보살펴드린다 해도 어쩌면 이미 때늦은 것일 수도 있다는 생각마저 들었다.

그는 아버지를 두 팔로 안아 들고 침대로 걸어갔다. 침대를 향해 그 몇 걸음을 떼어놓는 사이에 아버지가 자기의 가슴께에서 시계 끈을 만지작거리는 것을 알아차리고 그는 문득 섬뜩해졌다. 그는 아버지를 곧바로 침대에 내려놓을 수가 없었다. 그 정도로 아버지는 시곗줄을 꼭 붙잡고 매달려 있었던 것이다.

그러나 막상 아버지를 침대에 눕히자 금세 모든 것이 괜찮아질 것처럼 보였다. 아버지는 손수 이불을 덮었다. 그리고 그 이불을 유난히 끌어당겨서 어깨 위까지 푹 덮었다. 게오르크를 올려다보는 두 눈도 이젠 그다지 심술궂어 보이지 않았다.

"그렇죠? 이제 그 친구가 기억나세요?"

게오르크는 아버지의 기분을 돋우려고 고개를 끄덕여 보이며 명랑한 목소리로 물었다.

"이불이 잘 덮였니?"

아버지는 발이 충분히 덮였는지 자기 눈으로는 직접 살펴볼 수가 없기라도 한 것처럼 그에게 물었다.

"그럼 이제 좀 주무세요."

게오르크가 이불을 잘 여며주며 말했다.

"이불이 잘 덮였니?"

아버지가 다시 한 번 물었다. 무슨 대답을 할지 각별히 주의를 기울이고 있는 것 같았다.

"안심하세요. 이불은 잘 덮였어요."

"아니야, 그렇지 않아!"

아버지는 당장 소리를 지르며 이불을 발로 차 던졌다. 이불은 훌쩍 날아가 허공에서 활짝 펼쳐졌다가 바닥으로 툭 떨어졌다. 아버지는 침대 위에 꼿꼿이 서더니 한 손으로 천장을 가볍게 짚었다.

"넌 나를 이불로 덮어서 숨 막히게 묻어버리려는 거지. 하지만 난 이미 알고 있었어, 이 나쁜 놈아. 난 아직 묻히지 않았어. 비록 마지막 힘이라 해도 너까짓 놈한테는 그걸로 충분해. 물론 나는 네 친구를 잘 알고 있다. 그 아이라면 정말 나무랄 데 없는 아들이 될 수도 있었을 거야. 그래서 넌 그 아이를 그토록 여러 해를 두고 속이고 농락한 거지. 그렇지 않다면야 네가 왜 그랬겠니? 내가 그 애를 두고 울지 않았다고 생각하니? 그 때문에 넌 네 사무실에 틀어박혀서 아무도 방해하지 마라, 주인님은 바쁘시다고 떠들어대면서, 사실은 러시아로 못된 편지 나부랭이를 쓰고 있었지. 그렇지만 다행스럽게도 애비한테는 아들 생각을 들여다보기 위해 다른 가르침은 필요 없는 법이거든. 네가 믿는 그대로 너는 이제 그 애를 완전히 억눌렀다. 네 엉덩이로 깔고 앉아도 될 만큼 납작하게 깔고 뭉갰지. 그 애는 이제 꼼짝달싹도 못한다. 그래 놓고 이제 우리 아드님께서는 결혼을 결심하셨다 이거지!"

게오르크는 끔찍한 공포를 느끼며 아버지의 무시무시한 모습을 올려다보았다. 아버지가 느닷없이 그토록 잘 알게 된 페테르부르크의 친구 모습이 지금까지의 그 어느 때보다도 그의 마음을 사로잡았다. 머나먼 러시아 땅에서 완전히 망하여 절망에 빠진 채 어쩔 줄 몰라 하고 있는 친구의 모습이 보였다. 남김없이 털린 가게의 문 앞에 서 있는 친구의 모습이 보였다. 부서진 진열대, 갈기갈기 찢긴 상품들, 떨어져 내린 가스관 사이에서 그는 가까스로 서 있었다. 도대체 왜 그는 그토록 멀리 떠나야만 했었을까!

"자, 날 좀 잘 봐." 아버지가 소리쳤다.

게오르크는 거의 얼이 빠진 채, 무슨 일이 일어나든 바로 대처하려고 곧장 침대 쪽으로 가다 말고 우뚝 멈춰 섰다.

"그녀가 치마를 들어 올렸기 때문에,"

아버지가 간드러진 목소리로 말하기 시작했다.

"그녀가 치마를 이렇게 들어 올렸기 때문에, 그 추잡한 년이!"

아버지는 그 꼴을 흉내 내려고 파자마 자락을 훌쩍 쳐들었다. 허벅지에 남아 있는 전쟁의 상처가 보였다.

"그년이 치마를 이렇게 이렇게 쳐들었기 때문에 넌 그년에게 들러붙었지. 그리고 걸리적거리는 것 없이 그년하고 즐기려고 네 어미의 영전을 더럽히고 그 친구를 배반하고 네 애비를 꼼짝달싹 못하도록 침대에 처박아놓은 거야. 하지만 천만에! 어디 봐라, 애비가 움직이냐, 못 움직이냐?"

아버지는 아무것도 붙잡지 않고 완전히 혼자 서서 발을 내질렀다. 아버지는 모든 것을 꿰뚫어보고 있다는 자신감으로 얼굴 가득 웃음을 번뜩이고 있었다.

게오르크는 아버지한테서 최대한 멀찌감치 떨어져서 한쪽 구석에 서 있었다. 한참 전부터 그는 모든 것을 정확하게 자세히 관찰하기로 굳게 결심했던 것이다. 어쨌든 뒤로부터든, 위로부터든, 어디로 빙 돌아서든 불의의 습격을 받지 않도록 조심할 필요가 있었다. 그런데도 그는 그 결심을 잊고 있다가 다시 기억했다가 또 잊어버렸다. 마치 짧은 실을 바늘 귀에 꿰는 것처럼.

"그런데 말이다! 네 친구는 결국 배반당한 건 아니라는 거야! 내가 그 친구의 이곳 현지 대리인이란 말이지!"

아버지는 크게 소리치면서 그 말을 강조하려고 둘째손가락을 쳐들어 흔들어댔다.

"광대가 따로 없군!"

저도 모르게 그의 입에서 말이 튀어나왔다.

게오르크는 곧바로 잘못을 깨달았지만 말을 도로 주워담을 수는 없었다. 그는 혀를 깨물다가 움찔했다. 너무 세게 깨물었던 것이다. 이미 엎질러진 물이라 생각하면서 그는 하릴없이 허공을 쳐다보았다.

"그래! 그렇고말고! 광대 짓이라고? 물론 나는 광대 짓을 했다. 좋은 말이야. 홀아비가 된 늙어빠진 아비한테 무슨 다른 재미가 남아 있을 거라고 생각하니? 말해봐. 대답하는 순간만은 아직 내 아들로 숨 쉬게 해주마. 도대체 지금 내게 남아있는 게 뭐가 있니? 뒷방에 갇혀서 지조라곤 요만큼도 없는 점원 놈들에게 구박이나 받고 사는, 뼛속까지 늙어버린 내게 무엇이 남아 있냐고? 그런데 내 아들이란 놈은 내가 평생 일군 가게를 가로채고는 신이 나서 기뻐 날뛰고 있지. 세상을 활개 치며 돌아다니면서도, 제 아비 면전에서는 신사인 양 가면을 쓰고 살살 도망치려고만 드니 말이다. 넌 도대체 내가, 친애비인 내가, 너를 사랑하지 않는다고 생각하니?"

'저러다 이제 앞으로 고꾸라지겠군. 이대로 떨어져서 뒈져버리는 게 낫겠어!'

게오르크의 머릿속에서 이런 생각들이 들끓었다.

아버지는 몸을 앞으로 구부리다가 고꾸라질 뻔했지만 용케도 떨어지지는 않았다.

뜻밖에도 게오르크가 도우려고 달려오지 않고 그대

로 제 자리에 서 있자 아버지는 다시 몸을 일으켜 세웠다.

"그대로 있어. 네까짓 놈의 도움 따위는 필요 없어. 넌 속으로 지금 이렇게 생각하고 있지? 여기까지 오려고 마음만 먹으면 얼마든지 올 힘은 있지만 그럴 생각이 없는 거라고 말이야. 착각도 작작해라! 아직도 내가 너보다 훨씬 더 힘이 세다고. 그래, 혼자라면 아마도 힘이 부쳤을지도 모르지. 하지만 지금 네 어미가 나한테 자기의 힘을 주고 갔다. 게다가 네 친구도 이렇게 멋지게 나와 한패가 되었단 말이지. 네 거래처 명단도 나는 여기 주머니에 다 가지고 있어!"

'파자마에까지도 주머니가 있군!'

게오르크는 혼자 속으로 중얼거리면서, 이 일 하나만 소문을 퍼뜨려도 아버지를 이 세상에서 매장시켜 버릴 수 있다고 생각했다. 물론 한 순간의 생각일 뿐이었다. 왜냐하면 그는 계속 잊어버렸기 때문이다.

"네 약혼녀랑 짜고 아무리 나한테 덤벼도 소용없어! 네가 모르는 사이에 난 그 여자를 네 옆에서 싹싹 쓸어내 버릴 테니까!"

게오르크는 그 말을 믿지 못하겠다는 듯 얼굴을 찡그렸다. 아버지는 그 말이 진실이라는 것을 나타내기 위해 게오르크가 있는 쪽으로 고개를 끄덕였을 뿐이었다.

"네가 아까 네 친구한테 약혼했다는 말을 써 보내기로 했다는 말을 했을 때 모처럼 난 어지간히 유쾌한 기분을 맛보았다. 그는 이미 다 알고 있는데 말이야. 이 어리석은 놈아! 그는 이미 다 알고 있다고! 네 놈이 나한테서 필기도구를 뺏는 것을 잊어버린 덕분에 내가 그 애한테 다 써 보냈단 말이다. 그 애가 몇 해째 여기 오지 않는 것도 다 그래서야. 뭐든지 그 애가 너보다 백배는 더 잘 알고 있으니까. 네 편지는 읽지도 않고 구겨서 왼손에 쥐고 오른손으로는 내 편지를 읽는단 말이다!"

아버지는 흥분한 나머지 머리 위로 팔을 들어 올려 흔들어대면서 다시 소리쳤다.

"그 애가 모든 것을 너보다 천 배는 더 잘 알아!"

"만 배겠지요!"

게오르크는 아버지를 비웃어주려고 말했다. 하지

만 그 말은 오히려 그의 입 속에서 더할 나위 없이 진지한 여운을 남기며 자리 잡았다.

"난 이미 여러 해 전부터 네가 이 질문을 언제나 가지고 올까 기다리고 있었다. 그것 말고 달리 내가 무슨 일에 관심이 있었겠니? 넌 내가 신문을 읽고 있는 줄 알았겠지? 자!"

그러면서 아버지는 어느새 침대 속으로 가지고 갔는지 신문지 한 장을 게오르크에게 집어던졌다. 게오르크는 이름조차도 전혀 모르는 낡은 신문이었다.

"너는 독립하기까지 얼마나 오래 꾸물거렸니! 어머니는 그런 좋은 날은 보지도 못하고 세상을 떠났고 네 친구는 러시아에서 몰락하고 있다. 이미 3년 전부터 그는 보기 흉할 정도로 얼굴이 노랗게 떠 있었지. 그리고 나는 어떠냐? 내가 어떤 상태인지는 너도 잘 알겠지? 그런 걸 보라고 눈이 달려 있을 테니!"

"그렇다면 아버지는 그동안 계속 저를 염탐하고 있었다는 거군요!"

게오르크가 소리쳤다.

연민을 품은 표정으로 아버지는 내뱉듯이 말했다.

"그 말을 진작에 했어야지. 이젠 이미 너무 늦었어."

그러고 나서 아버지는 더 큰 목소리로 말했다.

"이제 알았지? 이 세상에는 너 말고도 사람이 존재한다는 걸! 지금까지 넌 일밖에 모르고 살았지. 어찌 보면 넌 천진난만한 아이였다고 할 수도 있지. 하지만 근본적으로 넌 악마 같은 놈이야! 그러니 명심해라! 난 지금 너에게 물에 빠져 죽을 것을 선고한다!"

게오르크는 자기가 집에서 쫓겨난 것을 깨달았다. 아버지가 자기 등 뒤에서 쿵 하고 침대 위에 쓰러지는 소리를 분명하게 들으면서 그는 도망치기 시작했다. 그저 비스듬히 경사진 평지나 되는 것처럼 계단을 미끄러져 내려가다가 그는, 마침 오전 청소를 하러 올라오던 하녀와 부딪쳐 넘어뜨리고 말았다.

"어머낫!"

그 여자는 깜짝 놀라 쓰러지며 앞치마로 얼굴을 가렸다. 하지만 그는 벌써 저만큼 달려가고 있었다. 대문 밖으로 뛰어나가 도로를 건너 곧장 물가로 내몰린 듯, 이끌린 듯 달려가서 벌써 그는 굶주린 자가 먹을 것을 움켜잡듯 난간을 꽉 붙잡고 있었다.

아직도 자기가 소년 시절 양친의 자랑이던 뛰어난 체조 선수인 것처럼 그는 난간 너머로 몸을 날렸다. 그리고 아직은 꼭 붙잡고 있는 난간 기둥 사이로 버스 한 대가 지나가는 것을 보았다. 차 소리 때문에 그가 물에 떨어지는 소리는 아무도 듣지 못할 것이었다. 손에서 힘이 빠져나가는 것을 느끼며 그는 낮게 부르짖었다.

"아버지, 어머니, 전 언제나 두 분을 변함없이 사랑했어요."

그는 손을 놓았다.

그 순간, 다리 위에는 수많은 차의 행렬이 이어지고 있었다.

나는 부름을 받았다. 한밤중이었다.

눈이 펄펄 쏟아지고 있었다.

FRANZ KAFKA
EIN LANDARZT
시골 의사

참 난처한 일이었다. 급히 가야 할 곳이 있는데, 그러니까 한시가 급한 중환자가 10마일이나 떨어진 마을에서 나를 기다리고 있는데, 그와 나 사이의 공간을 거센 눈보라가 가로막고 있었던 것이다.

마차가 한 대 있기는 했다. 가볍고 바퀴가 커서, 우리가 사는 이런 시골길에 딱 알맞는 마차였다. 나는 털옷을 꽁꽁 동여 입고 각종 의료 기구를 넣은 가방을 든 채 여행 떠날 채비를 하고 이미 뜰 한가운데에 서 있다.

그런데 말이 없다, 그 놈의 말이! 이 얼어붙은 겨울 내내 얼마나 부려먹었던지 말이 간밤에 죽어버린 것이다. 하녀가 말을 한 필 빌려보겠다고 나가서 지금 마을을 이리저리 뛰어다니고 있다. 하지만 나는 가망이 없다는 것을 알고 있다. 눈은 이렇게 점점 더 쌓여서 움직이기도 힘들어져가고 있는데, 나는 그저 하녀가 말을 빌려오기를 기다리며 그곳에 서 있다.

마침내 대문 앞에 하녀가 혼자 나타나 등불을 가로저었다.

물론 그렇겠지. 누가 이런 날씨에 이따위 여행에 쓰라고 말을 빌려주겠어? 나라도 안 빌려주겠다.

나는 다시 한 번 마당을 가로질러 걸어가 보았지만 어떻게 해야 할지 아무 생각도 떠오르지 않았다. 결국 아무 대책도 없다는 것 때문에 언짢고 뒤숭숭해서 홧김에 나는 벌써 여러 해 사용하지 않아서 다 쓰러져가는 돼지우리의 문을 발로 걷어찼다. 문이 확 열리면서 문에 달린 빗장이 덜거덕거렸다.

문득 말 냄새 같은 온기가 훅 끼쳤다. 그리고 침침한 우리 속에서 흐릿한 등불 하나가 끈에 매달려 흔들거리고 있는 것이 보였다. 그 불빛 속에서 나지막한 칸막이 속에 웅크리고 앉아 있던 남자가 얼굴을 드러내더니, 커다랗고 푸른 눈을 반짝이며 우리에서 네 발로 기어 나왔다.

“마차에 말을 맬까요?” 그가 물었다.

나는 뭐라고 대답해야 할지 몰라서 그냥 우리 속에 또 뭐가 있는지 보려고 몸을 굽혔다. 그때 어느새 내 곁에 와 있던 하녀가 큰소리로 말했다.

“자기 집에 뭐가 있는지도 모르시다니!”

그리고 우리 둘은 깔깔 웃음을 터뜨렸다.

“이랴! 이랴!”

마부가 외치자, 힘 좋고 옆구리가 탄탄한 말 두 마리가, 두 다리는 몸통에 바싹 오그려 붙인 채 말쑥한 대가리를 낙타처럼 푹 숙이고 몸통을 비틀며 몸뚱어리가 여지없이 꽉 차는 비좁은 문을 비집고 나왔다. 그리고 말들은 김이 무럭무럭 나는 몸을 똑바로 세웠다.

“가서 저 사람을 도와줘.”

나는 하녀에게 지시했다. 말 잘 듣는 하녀는 쪼르르 달려가서 마부에게 마구를 건네주었다. 그런데 하녀가 그의 곁으로 가자마자 마부는 덥석 그녀를 끌어안더니 자기 얼굴을 그녀의 얼굴에 부벼대는 것이었다.

그녀는 냅다 비명을 지르며 내게로 도망쳐 왔다. 어느새 그녀의 뺨에는 이빨 자국이 빨갛게 두 줄이나 나 있었다.

"이런 짐승 같은 놈, 채찍으로 얻어맞고 싶냐?"

나는 화가 나서 미친 듯이 소리쳤다. 하지만 곧 나는 그가 낯선 사람이라는 것을 깨달았다. 어디서 왔는지도 모르는 사람이, 모든 사람이 거절하는 판에 자발적으로 나를 돕고 있는 것이다.

그는 내 생각을 안다는 듯 내 협박 따위는 아랑곳하지 않고 계속 말을 다루는 데만 열중하며, 나를 한 번 힐끗 돌아볼 뿐이었다.

"타시지요." 그가 말했다.

정말로 모든 것이 완벽하게 준비되어 있었다. 아직 한 번도 이렇게 멋지고 완벽한 마차를 타 본 적이 없을 정도였다. 나는 기꺼이 마차에 올라탔다.

"마차는 내가 몰겠네. 자네는 길을 모를 테니."

나는 남자에게 양해를 구했다.

"물론입죠. 저는 절대로 같이 타고 가지도 않을 겁니다. 저는 로자 곁에 있을 거예요." 남자가 말했다.

"안 돼요!" 로자가 질겁하며 외쳤다.

그녀는 갑자기 피할 수 없는 불길한 운명을 정확히 예감한 듯 집 안으로 뛰어 들어갔다. 나는 그녀가 재빨리 문에 빗장을 지르고 안에서 자물쇠를 채우는 소리를 들었다. 그리고 그녀가 그것으로도 마음이 놓이지 않는지 복도에서 방으로 샅샅이 뛰어 돌아다니며 자기를 찾지 못하도록 불이란 불은 다 꺼버리는 것도 보았다.

"자네도 나랑 같이 가세. 안 그러면 아무리 긴급한 환자가 있다 해도 내가 그만두겠네. 마차를 타고 가는 대가로 저 처녀를 헐값에 넘겨줄 생각은 조금도 없으니까." 나는 남자에게 말했다.

"이랴!"

느닷없이 남자가 손뼉을 치며 외쳤다.

그러자 마차는 마치 물살에 휩쓸린 나무토막처럼 쏜살같이 내달리기 시작했다. 등 뒤에서 마부의 돌격으로 내 집 문이 와지끈 부서지는 소리가 들리는가 싶더니 갑자기 내 온몸을 타고 요란한 소음이 가득 흘러넘쳤다. 하지만 그것도 아주 잠깐일 뿐이었다.

나는 방금까지도 내 집 마당에 서 있었는데, 그 마당의 문이 열리자마자 벌써 환자의 집 문 앞에 도착해 있다. 눈은 어느새 그쳐 있었고, 사방에는 고요한 달빛이 가득 뿌려지고 있었다.

환자의 부모가 나를 맞으러 집밖으로 서둘러 달려 나온다. 그들 뒤로 환자의 누이가 따라오고 있다. 사람들은 나를 마차에서 들어내다시피 하며 황망하게 각자 뭐라고 떠들어댄다. 뒤엉킨 이야기들 속에서 나는 아무것도 알아내지 못한다.

환자가 있는 방 안의 공기는 거의 숨을 쉬기 어려울 지경이다. 관리가 잘 안 된 난로에서 계속 매캐한 연기가 피어나고 있기 때문이다. 우선 창문을 열어젖혀야 했을 테지만 나는 환자를 먼저 보기로 한다.

환자는 바싹 말랐지만 열은 없다. 열이 없는 정도가 아니라 몸이 따뜻하지조차 않다. 내복도 입지 않고 퀭한 눈으로 깃털 이불 속에 누워있던 그 청년은 몸을 일으키더니 내 목에 매달리며 귀에 대고 속삭인다.

"의사 선생님, 저를 죽게 내버려두세요."

나는 어리둥절해서 나도 모르게 주위를 둘러본다. 그 말을 들은 사람은 아무도 없는 것 같다. 부모는 아무 말 없이 구부정하게 서서 나의 선고를 기다리고 있고 누이는 내 왕진 가방을 놓으라고 의자를 하나 가져온다. 나는 가방을 열고 필요한 의료 기구를 찾는다.

청년은 나에게 자기의 부탁을 잊지 않게 하려는 것처럼 계속 손으로 나를 더듬어 찾는다. 나는 핀셋 하나를 집어 촛불에 비춰 살펴보고는 도로 놓는다.

'그랬군, 하느님이 이 청년을 도우시는 거야. 없는 말을 보내주시고, 그것도 급하니까 얼른 가라고 두 마리나 보내주셨지. 게다가 마부까지!'

나는 속으로 중얼거리다가 그제야 다시 로자 생각이 난다. 로자를 구해야 하는데 어떻게 하지? 내가 어떻게 그녀를 구할 수 있단 말인가? 10마일이나 떨어져 있는데다가, 말은 다룰 수도 없는데!

어찌된 셈인지 그 말들은 가죽 띠를 헐겁게 늦추고, 도대체 어떻게 그렇게 할 수 있었는지는 모르겠지만, 창문을 바깥에서 열어젖히고, 창문 하나에 한 마리씩 대가리를 들이밀고, 사람들이 비명을 지르는데도 전혀 아랑곳하지 않고 환자를 들여다보고 있다.

'곧 돌아가야지' 하고 나는 생각한다. 말들이 빨리 떠나자고 재촉하는 것처럼 보였기 때문이다. 그러면서도 나는 환자의 누이가 내가 더울 거라고 짐작하고 내 털외투를 벗기는 것을 그냥 내버려둔다.

늙은 아버지가 럼주를 한 잔 내 옆에 놓으며 내 어깨를 두드린다. 그가 아끼는 물건을 내놓는 것으로 나에 대한 신뢰를 표현하고 있는 것이다. 나는 머리를 흔든다. 노인의 편협하고 얕은 소견이 역겨워서, 단지 그런 이유만으로 나는 럼주를 거절한다.

어머니가 침대 곁에서 나를 부른다. 나는 다가가서 청년의 가슴에 머리를 댄다. 내 젖은 수염 때문에 청년은 부들부들 몸을 떤다. 말 한 마리가 방 천장을 향해 커다랗게 힝힝거리며 울부짖는다. 짐작했던 대로 청년은 건강하다. 약간 혈색이 나쁜 것도 어머니가 걱정걱정하면서 커피를 너무 많이 먹인 탓일 뿐이다.

아주 건강해서 그저 발길로 뻥 차 침대 밖으로 몰아내면 될 것이다. 하지만 내가 무슨 세계를 개선하는 사람도 아니니 그냥 누워 있게 내버려두자.

나는 이 지방 의사로 고용되어 있는데, 이건 정말 너무하다 싶을 정도로 아주 먼 변두리까지 돌아다니면서 나의 의무를 다하고 있다. 봉급이 그렇게 적은데도 나는 인색한 사람이 아니기 때문에 가난한 사람들을 기꺼이 돌봐주었고 지금까지 늘 그들을 돕고 있다. 그러니 이제는 로자를 걱정할 차례다.

그러고 보니 청년이 죽게 해 달라고 했던 말은 옳고 타당하다는 생각이 든다. 지금은 나 역시 죽고 싶으니까 말이다. 여기 이 끝없는 겨울 끝자락에서 나는 대체 무엇을 하고 있는가! 내 말은 죽었고 마을 사람들은 아무도 내게 자기 말을 빌려주려고 하지 않았다. 만일 돼지 우리에서 말을 발견하지 못했다면 나는 여기까지 돼지를 타고 와야 했을 것이다. 일이 그렇게 된 것이다.

나는 가족들에게 고개를 끄덕인다. 그들은 이런 사정을 전혀 모른다. 설령 내가 그런 사정을 말한다 해도 믿지 않을 것이다. 처방전을 쓰는 거야 쉬운 일이지만 사람들과 의사소통을 하는 일은 이처럼 어려운 일이다.

이제 나의 왕진은 끝났다. 또 다시 헛수고를 한 것이다. 하지만 나는 이런 일에는 이미 익숙해져 있다. 야간 비상종으로 관할 구역 전체가 나를 고문하는 일이 어느덧 흔해빠진 일이 된 것이다.

하지만 이번에는 좀 다르다. 로자를 희생시켜야 했던 것이다. 그 어여쁜 소녀는, 대우가 더 좋은 집으로 가라는 나의 충고도 듣지 않고 이미 여러 해 동안 내 집에서 살아왔는데, 아무래도 이 희생은 너무 크다. 그러니 아무리 대단한 선의를 가져봤자 내게 로자를 돌려줄 수 없는 이 가족에게 화를 내지 않으려면, 나는 무슨 수를 써서라도 이 일을 정리해야 한다.

그러나 내가 왕진가방을 닫고 털외투를 달라고 손을 내밀자 가족들은 실망스럽다는 듯이 모여 선다. 아버지는 손에 든 럼주 잔을 킁킁거리며 냄새를 맡고, 어머니는 실망이 엄청 크다는 듯 눈물을 가득 머금고 입술을 깨물었으며, 누이 동생은 피묻은 손수건을 흔들고 있다.

도대체 이 사람들은 나에게 무엇을 기대하는가? 이런 상황이라면 청년이 아프다는 사실을 가족들에게 인정해 줄 필요가 있겠다고 나는 판단한다. 그 정도는 얼마든지 해줄 수 있다고 나는 생각한다.

나는 청년에게 다가간다. 청년은 내가 무슨 만병통치용 수프라도 가져온 것처럼 나를 향해 미소 짓는다.

마침 말 두 마리가 히힝거리며 울고 있다. 그 소리는 더욱 높은 곳에서 울려온다. 아마도 나의 진찰을 더욱 쉽게 해주려나 보다고 나는 생각한다.

드디어 나는 이제 청년이 정말로 앓고 있다는 것을 발견한다. 그의 오른쪽 허리께에 손바닥만한 크기의 상처가 크게 입을 벌리고 있다. 장밋빛이다! 헤아릴 수 없이 많은 명암을 가진 장밋빛이다! 밑바닥은 진하고 어두웠으며 가장자리께로 올수록 옅어지면서 피가 오톨도톨 곡식알처럼 맺혀 있는데 그것은 마치 대낮에 파헤쳐 놓은 광산처럼 활짝 열려 있다.

가까이에서 들여다보니 더 심각한 상태가 고스란히 드러났다. 놀라움의 탄성을 지르지 않고 누군들 그것을 들여다볼 수 있을까?

새끼손가락만큼 굵고 긴 구더기들이 제 원래 색깔에 피가 듬뿍 뿌려진 채 상처의 안쪽에 들러붙어서 조그만 흰 머리와 수많은 작은 발들로 빛이 있는 쪽으로 꿈틀거리고 있다.

청년이여, 그대를 도울 길이 없구나. 그대는 옆구리의 이 꽃으로 인해 곧 죽게 될 것이다.

가족들은 행복하다. 드디어 내가 일하고 있는 것을 보게 된 것이다. 누이는 어머니에게 내가 일하고 있다고 말하고, 어머니는 아버지에게 말한다. 아버지는 발꿈치를 들고 두 팔을 펼쳐 몸의 균형을 잡으면서 열려 있는 문으로 달빛을 밟으며 들어오는, 몇몇 손님들에게 이야기한다.

"저를 살려 주시겠지요?"

자기 상처 속에 도사리고 있는 생명체에 압도되어 청년은 훌쩍이며 속삭인다.

내 구역의 사람들은 다 이렇다니까. 언제나 불가능한 일을 의사한테 요구하지. 오랜 신앙을 그들은 이제 다 잃어버렸다. 신부는 집에 들어앉아 미사복을 갈기갈기 찢어버리고 있는데 의사는 빈틈없고 세밀한 외과의의 손으로 모든 것을 다 해내야만 한다.

뭐, 좋으실 대로. 내가 자청해서 나선 건 아니니까. 그대들이 나를 성스러운 목적에 쓰겠다면 나도 굳이 반대하지는 않는다. 내게 무슨 일이 일어나든 되는 대로 몸을 맡기겠다. 나 같은 늙은 시골 의사가 무슨 더 나은 것을 바랄까. 자기 하녀를 강탈당한 늙은 시골 의사 주제에 말이다.

가족들과 마을의 원로들이 와서 내 옷을 벗긴다. 선생을 앞세운 학교 합창단이 집 앞에 서서 지극히 단조로운 가락의 노래를 부르고 있다.

그의 옷을 벗겨. 그러면 그가 치료하리니.
그래도 낫지 않으면, 그를 죽여!
그는 그냥 의사일 뿐이니! 의사일 뿐이니!

옷을 벗은 다음, 나는 손가락을 콧수염에 대고 머리를 비스듬히 기울여 사람들을 조용히 응시한다. 무엇보다 지금 나는 침착하고 그들 모두보다 우월하고 앞으로도 영원히 그럴 것이다. 하지만 지금 그런 것은 아무런 도움도 되지 않는다.

이제 그들은 내 머리와 두 발을 잡아 나를 침대 속으로 옮긴다. 청년의 상처 바로 옆에 바짝 붙여서 그들은 나를 내려놓는다. 그런 다음 그들은 모두 방을 나가버린다.

문이 닫힌다.

노래도 뚝 끊긴다.

구름이 달을 가린다.

따뜻한 침대 시트가 주위에 깔려 있다.

여전히 창문으로 들이밀고 있는 말대가리들이 그림자가 되어 흔들리고 있다.

"이제 알겠지? 난 너를 믿지 않아. 너 역시 네 발로 걸어 온게 아니라 그냥 어디선가 내던져진 거잖아. 도와주기는커녕 내 죽음의 자리만 좁게 할 뿐이니, 정말 난 네 두 눈을 뽑아버리고 싶어!"

내 귀에 대고 속삭이는 소리가 들린다.

"옳은 말이긴 하지만 그건 모욕이야. 어쨌든 난 의사잖아. 하지만 지금 이런 상황에서 나더러 어떻게 하란 말이야. 의사라 해도 어쩔 수 없는 일이 있다는 걸 믿어줘."

"나더러 그 따위 변명에 만족하란 말인가? 하긴 그래야겠지. 언제나 난 가진 것에 만족해야만 했으니까. 아름다운 상처를 가지고 나는 이 세상에 왔지. 그리고 그것만이 내가 가진 모든 것이었어."

"젊은 친구, 자네의 결점은 통찰력이 부족하다는 거야. 이미 온갖 병실을 두루 다녀본 내가 자네에게 말하는데, 자네 상처는 그다지 나쁘지 않아. 쇠스랑으로 두 번 날카롭게 찔려서 난 것일 뿐이니까. 수많은 사람들이 옆구리를 드러내놓고 다니면서도 이미 숲에서는 쇠스랑 소리를 들을 수 없거든. 쇠스랑이 그렇게 가까이 다가오고 있는데도 말이야."

"정말 그런가? 설마 열에 들뜬 나를 속이는 건가?"

"정말이야, 정말로 그래. 의사의 명예를 걸고 하는 말이니 받아들이게."

청년은 그 말을 받아들이고 잠잠해진다.

이제는 나 자신의 구원을 생각할 시간이다. 아직도 말들은 충실하게 그 자리에 서 있다. 나는 옷과 털외투 그리고 가방을 주섬주섬 뭉쳐 든다. 옷을 입느라고 어물거릴 생각은 절대로 없으니까.

말들이 올 때처럼 서둘러만 준다면 나는 이 침대에서 내 침대 안으로 깡충 뛰어들 수 있으련만.

말 한 마리가 순순히 창에서 물러선다. 나는 옷 뭉치를 마차 안에 던진다. 털외투가 너무 멀리 날아가는 바람에 소맷자락만 간신히 갈고리에 걸린다.

뭐, 그만하면 좋아.

나는 말 위에 올라탄다. 가죽 끈들이 느슨하게 풀려서 제대로 연결도 되지 못한 마차가 비틀거리며 끌려오고, 맨 끝에서는 털외투가 눈 속을 펄럭이며 따라온다.

“이랴!” 하고 나는 큰소리로 외친다.

하지만 말들은 뛰어가지 않는다. 늙은이들처럼 천천히 우리는 눈 덮인 벌판을 걸어간다. 오래도록 우리 등 뒤에서는 아이들이 새롭지만 어딘가 잘못된 노래를 부르고 있다.

기뻐하라, 그대 환자들이여!

의사를 너희 침대 속에 눕혀놓았다.

이제 나는 집으로 돌아갈 수도 없다. 나의 찬란하게 피어나던 의술은 이제 끝났다. 후임자가 내 자리를 대신 차지하겠지만 소용없는 짓, 그가 나를 대신하지는 못할 테니까 말이다. 내 집 안에서는 구역질나는 마부가 미쳐 날뛰고, 로자는 이미 그의 제물이 되었다. 하지만 이제 그건 생각하고 싶지 않다.

벌거벗은 채 이 불행한 시대의 혹한에 내던져진 늙은 사나이, 나는 지상의 마차에 지상의 것이 아닌 말을 몰면서 이리저리 빙글빙글 돌고 있구나. 내 털외투가 마차 뒤에 걸려 있지만 내 손은 거기까지 닿지 않는다. 그 변덕스러운 환자 주위의 불한당들 가운데 어느 하나도 손가락 하나 까딱하려 하지 않는다.

속았구나! 속았어! 야간 비상종이 한 번 잘못 울린 것을 따르다니! 이젠 절대로 돌이킬 수가 없구나.

작가 소개

프란츠 카프카(Franz Kafka, 1883–1924)는 20세기 문학을 대표하는 작가로, 실존주의 문학과 부조리극의 선구자로 평가받습니다. 그는 인간의 불안, 소외, 죄책감, 권위에 대한 두려움을 탁월하게 형상화했으며, 그의 이름은 곧 "카프카적(Kafkaesque)"이라는 형용사로 남아 현대 사회의 억압적이고 부조리한 상황을 설명하는 상징이 되었습니다.

〈작가 소개〉

프란츠 카프카는 오스트리아-헝가리 제국 시절 보헤미아 지방의 프라하에서 독일계 유대인 가정의 장남으로 태어났습니다. 아버지 헤르만 카프카는 강압적이고 거친 성격의 상인이었으며, 이는 카프카의 내면에 깊은 불안을 심어 주었고 그의 문학에 큰 영향을 미쳤습니다.

카프카는 법학을 전공하여 프라하 대학교에서 박사

학위를 받고 보험회사에 근무했으나, 일상적인 사무 노동 속에서 점점 심리적으로 소외되고 괴로워했습니다. 그는 낮에는 회사원으로 일하고, 밤에는 글을 쓰는 이중생활을 지속했습니다.

대부분의 작품은 생전에 발표되지 않았으며, 사후 친구이자 문학 유산의 관리인이었던 막스 브로트(Max Brod)의 결정으로 유고가 출간되어 세상에 알려졌습니다. 본인은 사후 모든 원고를 파기해달라고 했으나, 브로트는 이를 거부하고 『심판』, 『성』, 『실종자』 등을 출간하며 카프카를 문학사에 남게 했습니다.

〈대표 작품〉

『변신(Die Verwandlung, 1915)』

『시골 의사(Ein Landarzt, 1919)』

『단식광대(Ein Hungerkünstler, 1922)』

『심판(Der Process, 1925, 사후 출간)』

『성(Das Schloss, 1926, 사후 출간)』

『실종자(Der Verschollene, 1927, 사후 출간)』

『아버지에게 드리는 편지(Brief an den Vater, 1919)』

〈이 책 수록 작품의 배경과 문학적 의의〉

『**변신**(Die Verwandlung, 1915)』 프란츠 카프카가 이 작품을 썼던 시대는 제1차 세계대전의 불안과 함께 근대 산업 사회의 효율성과 성과 중심주의가 팽배하던 시기였다. 그는 낮에는 보험회사에서 일하며 사회 속 개인의 무력함을 실감했고, 밤에는 글을 쓰며 그 억압된 감정과 정체성의 붕괴를 문학으로 풀어냈다. 아버지와의 갈등, 직업적 무력감, 자아 정체성의 혼란이 그레고르 잠자의 모습에 고스란히 녹아 있다. 벌레로 변한 육체는 단지 상징에 불과하다. 진짜 변한 것은 가족과 사회의 시선, 그리고 주인공 스스로 느끼는 존재의 위축이다. 『변신』은 단순히 초현실적인 사건을 다룬 작품이 아니라, 인간 내면의 근원적인 불안과 소외, 그리고 자본주의 사회에서 기능을 상실한 인간이 어떻게 폐기되는지를 묘사한 강력한 은유이다. 특히 '카프카적'이라는 형용사를 낳게 한 이 작품은, 설명할 수 없는 상황 속에서 설명되기를 거부당하는 인간 존재의 비극을 철저히 보여준다. 그레고르가 점점 방 한구석으로 몰리고, 가족들에게서 외면당하며, 결국 조용히 죽어가는 장면은 비단 한 인물의 이야기로 끝나지 않는다. 그것은 현대 사회를 살아가는 우리 모두에게 닥쳐올 수 있는 존재의 위기이자, 이해받지 못한 자의 최후다.

이렇듯 『변신』은 시대를 초월해 인간의 근본적인 고립과 불안, 그리고 타자화된 자아에 대한 깊은 성찰을 담고 있는 작품이다. 그것은 단지 한 개인이 벌레로 변한 이야기가 아니라, 우리 모두가 내면에 품고 있는 두려움과 슬픔, 그리고 외로움의 거울이기도 하다.

『**판결**(Das Urteil, 1912)』은 은 부자 관계와 죄책감, 무의식의 억압된 감정을 극도로 긴장감 있게 다룬 작품으로, 주인공 게오르크의 삶은 프란츠 카프카의 삶을 그대로 대변한다고 평가된다.

아버지의 사업을 물려받고 부유한 약혼녀와 결혼을 앞둔 게오르크는 아버지의 뜻대로 사는 삶이고, 카프카가 선택하지 않은 삶이다.

러시아로 떠나 연락도 거의 하지 않고 홀로 고독하게 사는 친구의 삶은, 아버지와 절연하고 자기가 하고 싶은 일을 하며 사는 외롭지만 자유로운 삶이고, 카프카가 실현하지 못했던 삶이다.

게오르크의 죽음으로, 카프카는 아들의 인격을 존중하지 않는 권위적이고 강압적이고 폭언을 일삼는 아버지 밑에서는 아들이 어떤 선택을 하든 결국 파국으로 끝난다는 것을 보여줌과 동시에 아버지가 원하는 삶이 아니라 자기가 원하는 대로 자유롭고 능동적인 삶을 살겠다고 선언한다.

『**시골 의사**(Ein Landarzt, 1919)』는 1919년에 출판된 프란츠 카프카의 단편소설로, 꿈과 현실, 의무와 무력감, 인간 존재의 부조리를 뒤섞은 몽환적 단편이다.

현실과 비현실이 교묘하게 교차하며 환상적인 분위기를 연출한다. 현실적 삶과 이상적 삶 사이를 오가는 카프카의 방황을 표현한 소설이라는 해석도 있고, 한편으로는 보편적 원죄를 해결하지 못하는 현대의학의 고립을 표현한 소설이라는 해석도 있다.

마음을 풍요롭게 바꾸는 필사의 즐거움

필사 노트

NO.

년

월

열린
문학

변신

	읽은 날짜	책제목
01	–	
02	–	
03	–	
04	–	
05	–	
06	–	
07	–	
08	–	
09	–	
10	–	
11	–	
12	–	
13	–	
14	–	
15	–	

작가	페이지	출판사	평가
			그저 그래 / 재미있어 / 완전 감동

01	책제목	작가

좋은 구절

요약 및 느낀점

02	책제목	작가

좋은 구절

요약 및 느낀점

감상 및 마음에 남는 문장

01	책제목	작가

좋은 구절

요약 및 느낀점

02	책제목	작가

좋은 구절

요약 및 느낀점

1. 갑작스런 변화와 부조리한 현실

그는 아침에 눈을 떴을 때, 자신이 거대한 벌레로 변해 있음을 알았다.

어제까지만 해도 평범한 삶이었는데, 오늘은 전혀 다른 현실이다.

그것은 꿈이 아니었다.

그는 자신의 몸을 마음대로 움직일 수 없었다.

현실은 너무 조용했고, 그 속에서 몸은 낯설었다.

나는 지금 이대로 존재하고 있지만, 나는 더 이상 내가 아니다.

그의 몸은 기형적으로 변했고, 그는 그것을 수용할 수 없었다.

그는 자신이 무슨 존재가 되었는지 설명할 수 없었다.

모든 것이 예전과 같았지만, 단 한 가지가 달랐다 — 그 자신.

그가 변한 건 몸뿐이 아니었다.

세상은 그에게 이유를 묻지 않았다.

벌레가 된 몸은, 오히려 마음보다 솔직했다.

그는 인간처럼 생각하고 있었지만, 아무도 그를 인간으로 보지 않았다.

거울을 보며 그는 묻는다, "나는 누구인가?"

변화는 순식간에 왔고, 이해는 오지 않았다.

부조리란, 이유 없이 벌어지는 모든 것의 총합이었다.

세상은 질문하지 않았고, 그는 대답하지 못했다.

그는 무엇을 잘못한 걸까, 아니면 그냥 그렇게 된 것일까.

의식은 그대로인데, 육체는 타인이었다.

그 변화는 누구에게도 설명되지 않았다.

그가 인간이었는지는 더 이상 중요하지 않았다.

모든 게 낯설었고, 모든 게 그대로였다.

그는 변명조차 하지 않았다.

벌레가 되어도 의무감은 사라지지 않았다.

인간의 형체를 잃은 그 순간, 그는 더 이상 이해받을 수 없었다.

변화는 이해를 거부하는 방식으로 찾아왔다.

그 누구도 그것을 묻지 않았고, 아무도 알 수 없었다.

그것은 현실인가, 혹은 꿈의 연장이었을까.

모든 것이 여전한 채, 그는 완전히 달라져 있었다.

부조리는 설명이 아니라, 침묵으로 다가온다.

2. 가족과 타인의 시선

가족은 그를 바라보지 못했다.

그들의 눈에는 연민이 없었다.

사랑은 공포로 변했고, 공포는 침묵으로 응답했다.

그가 벌레가 되자, 가족은 눈을 돌렸다.

그들은 그를 돌보았지만, 사랑하지 않았다.

가족이라는 말은 더 이상 의미가 없었다.

존재 자체가 혐오의 대상이 되었다.

그가 가족을 필요로 할 때, 그들은 멀어졌다.

그는 침대 밑에 숨어야 했다.

그의 방은 점점 좁아졌고, 그는 점점 사라졌다.

가족은 점점 그를 외면했다.

"너는 더 이상 우리와 함께할 수 없어."

그의 방은 쓰레기처럼 취급되었다.

자식이라는 이름은 사라지고, 벌레 하나만 남았다.

동정조차 사치가 되었다.

그가 원한 것은 단지 말 한마디였다.

그는 벽 너머에서 모든 걸 듣고 있었다.

그들은 마치 그가 존재하지 않는 것처럼 살았다.

가족의 시선은 날카로운 창이 되었다.

한때 사랑했던 사람들이 그를 공포로 대했다.

말 한마디 없는 저녁 식탁, 그의 이름은 없었다.

그는 가족의 짐이 되었다.

가족은 그를 참아주는 존재로만 여겼다.

어느새 그가 방에 있는지도 잊혀졌다.

그의 말은 닿지 않았고, 그들의 마음도 닿지 않았다.

그는 그들과 벽 하나로만 나뉘어 있었지만, 결코 닿을 수 없었다.

침묵은 그들을 연결하지 않았고, 끊어냈다.

그는 집 안의 잉여가 되었다.

그의 방은 감옥이었다.

그는 그들로부터 천천히 지워졌다.

3. 자아의 해체와 소외

그는 점점 자신이 무엇인지 알 수 없었다.

자신의 존재를 설명할 수 없다는 것은 고통이었다.

자아는 몸과 분리되어 흘러갔다.

그는 더 이상 스스로를 이해하지 못했다.

자신의 이름조차 낯설게 느껴졌다.

그는 존재하되, 존재하지 않았다.

나는 누구인가 — 이 질문은 끝이 없었다.

그는 자신 안에 머물 수 없었다.

그는 자신을 의심하기 시작했다.

자신조차 자신을 거부했다.

자아는 외면의 시선으로 해체되었다.

그는 아무도 아닌 존재가 되었다.

그는 스스로를 감추기 위해 살았다.

벌레가 된 뒤에도 인간의 기억은 사라지지 않았다.

그는 끝내 자신을 부정했다.

누구도 자신을 이해하지 못하는 세계는 차갑다.

그는 자신조차 받아들이지 못했다.

거울은 자신을 비추지 않았다.

몸이 아니라 존재가 붕괴되었다.

존재는 질문이 되었고, 해답은 사라졌다.

정체성은 파편처럼 흩어졌다.

그는 자아를 상실했고, 자아가 그를 떠났다.

그는 타인의 말에만 존재했다.

인간이란 이름이 어울리지 않았다.

그는 점점 사물에 가까워졌다.

사람의 마음에서 밀려난 존재는 점점 사라진다.

존재의 이유는 어디에도 없었다.

나는 나를 설명할 수 없었다.

그의 이름은, 이제 더는 의미 없었다.

그는 결국 아무것도 아닌 존재가 되었다.

4. 고통, 침묵, 무너짐

그는 아파도 말할 수 없었다.

고통은 말보다 더 빨리 찾아왔다.

침묵은 그의 유일한 언어가 되었다.

그는 소리 내어 울 수 없었다.

아무도 그의 고통을 물어보지 않았다.

그는 천천히 부서졌다.

누구도 그의 고통을 보려 하지 않았다.

그는 바닥에서, 천장을 바라보며 하루를 보냈다.

그의 몸은 아팠고, 마음은 더 아팠다.

고통은 습관처럼 그의 하루를 채웠다.

그는 말없이 견뎠다.

그는 인간의 언어를 잃어버렸다.

점점, 그는 존재를 잊고 싶어졌다.

외로움은 몸보다 깊이 파고들었다.

그는 혼자 있는 법을 배워야 했다.

4. 고통, 침묵, 무너짐

아픈 존재는 더 이상 말하지 않는다.

그는 자신의 감정을 표현할 도구가 없었다.

그에겐 고요한 죽음만이 남아 있었다.

고통은 그를 정지시켰다.

그는 자신의 감정에 이름을 붙일 수 없었다.

그는 무너졌고, 아무도 그것을 보지 못했다.

말할 수 없는 고통은 더 깊었다.

몸이 다쳤다는 것보다, 마음이 다쳤다는 것이 더 끔찍했다.

그는 감정을 내려놓았다.

감정이 사라진 자리엔 피로가 남았다.

그는 더 이상 고통을 표현할 이유도 느끼지 못했다.

모든 감각이 둔해졌다.

그는 점점 멀어지고 있었다.

그는 사라지기를 원했다.

죽음은 그에게 평화처럼 다가왔다.

5. 종말과 해방

어느 날, 그는 더 이상 움직이지 않았다.

그는 조용히, 아주 조용히 죽었다.

아무도 그의 죽음을 슬퍼하지 않았다.

그의 사라짐은 안도감으로 여겨졌다.

가족은 아침을 먹었고, 그는 잊혀졌다.

방은 비워졌고, 삶은 계속되었다.

죽음은 그에게 유일한 해방이었다.

그는 사라졌고, 세상은 그대로였다.

존재가 사라져도, 세상은 아무 일 없듯 돌아갔다.

그의 흔적은 청소되고, 지워졌다.

아무도 그가 누구였는지 기억하지 않았다.

죽음은 마침내 그를 인간으로 되돌렸다.

그는 존재하지 않을 때 더 편안했다.

죽음 이후, 오히려 세상은 평온했다.

존재의 의미는 죽음으로 설명되었다.

5. 종말과 해방

삶이란 지나가버리는 것이다.

모든 것이 원래대로 돌아갔다.

그는 살았고, 아무도 그것을 기억하지 않았다.

존재는 흩어지고, 기억은 사라진다.

죽음은 조용한 이해였다.

그가 떠난 뒤, 가족은 햇볕을 맞으며 산책을 나갔다.

세상은 그를 기다려주지 않았다.

죽음조차 그에게는 목소리가 없었다.

그의 방은 다시 깨끗해졌고, 그는 사라졌다.

아무도 그를 불러주지 않았다.

그는 끝내 인간으로 돌아오지 못했다.

고통스러운 삶이 끝나고, 침묵만이 남았다.

그는 떠났고, 아무 일도 없었다.

부서진 자는 조용히 사라진다.

그리고 그가 사라진 자리엔, 아무것도 없었다.